가을바람에 그리움이

가을바람에 그리움이

발행일 2020년 9월 19일

지은이 변혜영
펴낸이 손형국
펴낸곳 (주)북랩
편집인 선일영 편집 정두철, 최승헌, 윤성아, 이예지, 최예원
디자인 이현수, 김민하, 한수희, 김윤주, 허지혜 제작 박기성, 황동현, 구성우, 권태련
마케팅 김회란, 박진관, 장은별
출판등록 2004. 12. 1(제2012-000051호)
주소 서울특별시 금천구 가산디지털 1로 168, 우림라이온스밸리 B동 B113~114호, C동 B101호
홈페이지 www.book.co.kr
전화번호 (02)2026-5777 팩스 (02)2026-5747

ISBN 979-11-6539-388-5 03810 (종이책) 979-11-6539-389-2 05810 (전자책)

이 도서의 국립중앙도서관 출판예정도서목록(CIP)은 서지정보유통지원시스템 홈페이지(http://seoji.nl.go.kr)와 국가자료공동목록시스템(http://www.nl.go.kr/kolisnet)에서 이용하실 수 있습니다.
(CIP제어번호: CIP2020039369)

가을바람에 그리움이

변혜영 지음

북랩 book Lab

들어가는 말

콘도에서 아침을 맞았다.

세배와 덕담이 오가고 준비한 설음식과 함께 떡국을 끓여서 아침을 먹었다.

윷놀이하자는 손주들과 윷말 판과 말을 준비하고 있었다.

작은아들이 "엄마 하시던 것 멈추시고 이리로 잠깐 오세요" 한다.

"왜?" 하고 돌아보는 나에게 느닷없이 "엄마한테 숙제를 드려야겠어요"라고 한다.

"난데없이 무슨 숙제? 이제 숙제는 다 끝냈다고 생각하는데 아직도 숙제가 남았나? 나는 이제는 숙제 같은 건 안 하고 살고 싶다"고 나는 단호하게 말했다.

하지만 두 아들은 아주 정중하게 이 숙제만은 내일부터 꼭 시작하시기를 부탁한다면서 그동안 엄마가 쓴 글을 책으로 묶어 보도록 정리를 하셨으면 좋겠다고 한다. 아니, 꼭 하라고 은근히 강요를 하는 것이다.

언젠가 아들과 며느리가 그랬었다.

글쓰기 공부를 제대로 해서 등단을 해 보라고 권했었다. 그렇게 해 볼까도 잠깐 생각해 보았지만 그게 어디 쉬운 일인가? 솔직히 자신이 없었다. 그리고 용기도 없었다. 그 무엇인가 해내야 한다는 강박감에 겁이 나기도 했다. 내가 사용할 수 있는 어휘가 턱없이 부족하고 문장 구성 또한 제대로 공부한 바가 없는데 언감생심 등단이라니 하고는 말았다.

망설이면서 대답을 하지 않자 두 아들이 바짝 다가앉으며 서둔다. 문학작품이 아닌 엄마의 이야기를 묶는 거니까 어렵게 생각지 말라 한다.

우리끼리의 이야기를 남겨서 추억하자.

멀어져 가고 흐려지는 지난날의 이야기를 붙잡아 두자.

쉽지 않게 지나온 시간을 소중히 간직하자.

아이들에게 여러 가지로 귀감이 될 것이다.

우리 가족에게 의미 있는 일이 될 수 있다는 등 구구절절 늘어놓는다.

글쎄? 아무리 생각해도 쉽지 않은 숙제임은 틀림이 없다.

가끔은 그날의 일상을 적고, 사는 것이 팍팍할 때는 아련한 그리움을 꺼내서 위로를 받고, 자연의 변화에 파르르 떨리는 감성을 주체할 수 없으니 서투르게 남기고, 밝고 고왔던 추억을, 그리고 어둡고 추웠던 힘든 시간들을 일일이 뱉을 수 없었기에 입속에 가두었다가 옮겨 적은 넋두리일 뿐인데. 글이라고 하기는 턱없이 부족하다는 걸 아는데 어려운 숙제를 받았으니 어찌해야 하나?

부끄럽고 쑥스러워서 민낯을 내놓을 자신이 없다.

내밀한 내 마음을 열어 보일 용기가 나지 않는다.
숙제를 받은 이후 줄곧 걱정이었다.

= 2019년 설날 =

차 례

친정집의 사계

할머니와 봉선화

봉선화 피는 여름이 되면 나는 돌아가신 지 오래된 내 할머니를 만나곤 합니다.

불볕이 지나고 해님이 뉘엿뉘엿 꼬리를 내릴 때 즈음이면 그림자처럼 조용하신 내 할머니께서는 우물 옆 작은 꽃밭에서 조심스레 봉선화를 따셨어요.

빨간 꽃잎과 연한 잎을 함께 따서 따끈따끈하게 달구어진 장독 위에 가지런히 수를 놓듯 펴 널었지요. 반들반들 까만 질그릇 장독 뚜껑 위에서 새들새들해진 봉선화를 깨끗한 빨랫돌 위에 얹어서 아이 주먹만 한 결이 고운 돌멩이로 백반과 함께 곱게 찧은 다음 이 빠진 하얀 사기그릇에 담으셨지요.

저녁상을 물리신 할머니께서는 오이씨만 한 내 손톱 위에 곱게 찧은 봉선화를 쑥뜸 말 듯 작게 뭉쳐 올리시고 곱게 물들라고 아주까리 잎으로 정성껏 싸서 무명실로 묶어주셨지요. 아주 엄숙한 의식을 치르듯이…….

은하수를 사이에 둔 견우직녀의 슬픈 사랑 이야기에 빠져 버린 난 몇 번씩이나 같은 이야기를 할머니에게 청해 듣다가 잠이 들기도 했고요. 국자 모양의 북두칠성과 옛날 옛적 길 잃은 나무꾼의 길잡이가 되었다는 북극성 이야기도, 떨어지는 별똥별에 소원을 비는 것도 어린 시절 내 할머니와 함께한 여름밤의 공부였습니다.

안동포 넓은 치마폭 속에 모기 몰래 손녀 다리 꼭꼭 감춰 주시고, 거친 잠에 봉선화 빠져 버릴까 살랑살랑 부채 바람에 자장가 실어서 밤새 옆에서 지켜주시던 내 할머니. 곱게 물든 작은 손톱을 단정하게 깎아주시고, 온갖 투정 다 받아 달래시면서 긴 머리 양 갈래로 곱게 땋아 내려서 나풀나풀 깡충깡충 놀러 나가는 손녀 배웅해 주신 할머니.

단정하신 몸가짐과 깊고 넓은 사랑이, 맑은 정신으로 욕심 없는 성품이, 부처님을 닮아서 두고두고 못 견디게 그립게 하는 내 할머니. 훌쩍 뛰어넘은 세월 속에서 어린 손녀는 할머니가 되었답니다.

할머니의 정성과 섬세한 솜씨로 남겨진 고운 모시 조각보를 꺼내 보면서 아직도 난 봉선화 피는 여름만 되면 새록새록 할머니가 보고 싶어집니다.

= 《예천신문》 게재 =

어머니의 여름

사계절의 혜택을 받고 사는 우리는 복 받았다는 생각을 새삼스럽게 해 본다. 계절마다 변화하는 자연의 아름다움을 보고 즐길 수 있고 계절 따라 달라지는 기후에 맞는 다양한 옷을 입어 볼 수 있고 계절에 맞는 다양한 음식을 맛볼 수 있다. 그뿐인가? 계절마다 다른 생활양식이나 생활습관도 다양하다.

날이 더워지기 시작하면 어머니께서는 어김없이 더위를 잘 보내기 위한 준비를 하셨다. 지난해 여름 끝자락에 빨아서 풀기를 빼고 보관해 둔 삼베 홑이불을 꺼내셨다. 덥고 끈끈한 여름밤 시원하게 잠잘 수 있는 이부자리로는 삼베만 한 것이 없다고 하시면서 광장시장에서 베를 떠다가 손수 만드신 홑이불이다.

여름 햇볕 밝다 싶은 날 아침,

밥 지으실 때 쌀을 넉넉하게 해서 지은 밥을 삼베 자루에 넣으시고 찬물에 식힌 다음 한 손으로 풀 자루 입구를 잡고 다른 한 손으로는 조물조물 주물러 주면 뽀얗고 미끈미끈한 풀물이 만들어진다. 거기에 삼베 홑이불을 넣고 바락바락(어머니의 표현 그대로) 치대면 미끈둥하게 풀물이 먹여진다. 이때 홑이불을 건져서 힘껏

비틀어 짠 다음 볕이 잘 머물고 바람이 설렁설렁 지나가는 마당 빨랫줄에 잘 펴서 널어 둔다. 홑이불이 바싹 마르기 전 꾸덕꾸덕해지면 걷어다가 반듯하게 솔기와 가장자리를 펴서 접는다. 이때 두 사람이 마주 잡고 일렁이면서 네 귀를 맞춰서 접으면 훨씬 반듯하고 손쉽게 할 수 있다. 잘 접은 이불을 빨랫보에 싼 다음 꼭꼭 밟는다. 다시 펴서 접힌 부분을 손으로 쓰다듬어서 펴고 귀를 맞춰 다시 접는다.

반지르르 윤기 나는 다듬잇돌에 홑이불이 놓이고 맑고 투명한 다듬이 장단이 초여름 오후의 고요함을 깨운다. 다듬이를 한 홑이불을 다시 그늘에 널면 지나가는 바람이 올 사이를 빠져나가면서 홑이불은 부서질 듯 빳빳하게 마른다. 그해 여름 꿀잠을 책임질 삼베 홑이불이 완성된다.

엄마의 여름 준비는 매년 어김없는 행사로 가족의 잠자리를 편하게 해 주셨다. 그런데 요즈음은 다듬잇돌도 다듬잇방망이도 내 집 창고에 그대로 있지만 공동주택에서 사용할 수 없으니 물 뿌려서 밟아 널기를 두세 번 거듭하면 아쉬운 대로 풀기 빳빳한 홑이불을 시원하게 사용할 수 있다.

살다가 올해처럼 더운 여름은 처음 맞는 것 같다. 열대야가 계속되고 거의 매일 밤잠을 설친다. 몇 해를 풀 먹이기 귀찮다고 보자기에 싼 채 장롱 서랍에 박아 두었던 삼베 홑이불을 꺼냈다. 풀주머니에 밥을 넣고 엄마가 하시던 대로 조물조물 주물러서 풀물을 만들고 홑이불을 넣어 바락바락 치댔다.

엄마의 여름 행사를 이제 내가 이어 가겠다는 마음으로 일단 흉내를 내어 본다. 제법 빳빳한 홑이불과 베갯잇이 그런대로 쓸 만하다고 스스로 끄덕이면서 만족한다. 패드에 홑이불을 시쳐서 깔고 누우니 까끌까끌한 느낌이 마치 가느다란 바람 위에 누운 듯 등 밑으로 바람이 지나간다. 그래, 바로 이거야!

엄마의 손길이 지나는 듯하다. 엄마의 여름 준비는 이제 내가 해 나갈 여름 행사가 될 것 같은 예감이다. 야무진 솜씨를 어설프게 흉내 내면서, 지나간 오랜 시간이 그리워진다. 어머니, 고생 많이 하셨어요. 감사합니다.

= 2018년 여름 =

오라버니

재경 면민회가 있는 날이다.

고향 사람들과의 만남은 언제 어디서든 반갑고 푸근하다. 며칠 전 장조카로부터 전화를 받았다. "고모님, 면민회 하는 날 아버지가 오신대요. 그래서 저도 나갈 거예요. 그럼 그날 뵙겠습니다." 조카의 목소리는 들떠 있었다. 그 한마디가 어쩌면 그렇게도 반갑고 고맙던지!

3년 전 오라버니는 가벼운 풍을 맞고 투병 중이시다. 먼 길을 삼가셨고, 올봄만 해도 뵙기가 딱할 정도로 입맛을 잃고 초췌한 모습이셨다. 젊은 날 내 오라버니의 매력인 그 칼 같은 카리스마는 어디로 숨었는지? 축 처진 어깨에 언어조차 어눌해졌음에 이 동생은 억장이 무너지고 설움을 감당키가 힘들었었다. 그런데 오라버니께서 오신다니 어찌 내가 반갑지 않겠는가? 해를 거듭하고 나이라는 숫자가 더해지면서 인연의 소중함을 절절하게 가슴 깊이 새기면서 살아가지만 혈육이란 인연보다 더 소중한 인연이 또 어디 있겠는가? 그래서 천륜이라 하지 않았던가?

어린 날 학교 운동장에서 선배 언니들이 길게 땋아 내린 내 머리를 만지고 귀찮게 할 때 그건 밉지 않은 표현임을 잘 알면서도 난 쪼르르 오빠를 찾아가 앙앙 울면서 오빠의 힘을 과시하고 싶어 했었다. 밤새 눈이 하얗게 쌓인 운동장을 아침 일찍 등교해서 좋아라고 뛰어다니다가 시린 발을 감당 못 하면 오빠 교실 복도에서 울음을 터트렸었다. 그럴 때면 오라버니는 나를 교무실로 데려가서 난로에 발을 녹여 교실로 업어다 주었었다. 지금 나는 그 철부지 시절의 의기양양함으로 뒷걸음질을 치고 있구나.

어린 날 나에게 내 오빠는 크나큰 힘이었지. 나에게 오빠가 있다는 건 커다란 두려움도 걷어 낼 수 있는 태산 같은 파워였다. 자라면서 무섭기도 했던 오빠였지만, 분명한 건 오빠가 날 대단한 동생으로 인정해 주고 기대를 가져 주었다는 점이다. 때로는 오빠의 기대감이 짐이 되어서 싫기도 했었지만, 그것이 살아가는 데 크나큰 자신감으로 영글었음을 감사드린다. 난 이렇게 오빠에게서 힘을 실어 날랐다. 그리고 알게 모르게 기대고 있었다.

고향 집 넓은 대문을 활짝 열어놓고 한결같은 마음으로 객지에 나간 동생들을 기다려 주시는 느티나무 같은 내 오라버니. 그 오라버니의 외출에 이렇게 가슴이 뛰는 것은 건강한 모습으로 오래오래 우리의 그늘막이 돼 주시기를 바라는 나의 욕심 때문이리라. 바람 때문이리라.

행사장에 도착하니 오라버니와 장성한 조카 둘이 나와 있었다. 어린 시절 운동회 날 운동장 앞에 쳐진 그늘막 밑 본부석에서 부모님의 얼굴을 찾았을 때와 같은 반가움이다. 가슴이 펴지면서 어깨가 올라간다. 알 수 없는 힘이 솟는다. 뜨거운 피가 온몸에 퍼지면서 감사한 마음이 조용히 일렁인다.

피붙이가 가까이에 있어서 위로받을 수 있고, 힘을 얻을 수 있다는 것이 얼마나 크나큰 행운이던가? 그래, 난 참 복도 많다.

= 《예천신문》 게재 =

34.5kg의 당신은

마른 삭정이 같은
꺾으면 부스러질 듯
흐물흐물 밀리는 살갗이 염려스러워
마음 놓고 밀어볼 수도 없어
등 뒤에 불거진 뼈를 어루만지며
마음으로 눈물을 삼킵니다.

땅을 물듯 굽은 허리로
객지에 나간 자식 고향 온다고
이부자리 보송보송 햇볕 바라고
구석구석 반짝반짝 쓸고 닦아서
어린 날의 추억 자리 꺼내 놓으시고
기운 빠진 당신 모습 자식 마음 아파질까
고불고불 병원 가서 영양주사 맞으시고
곱고 환한 모습으로 자식들을 맞습니다.

자기 자리 바로 서서 열심히들 사는
귀하고 귀한 당신 자식 장하고 신통해서

부지하기도 힘든 몸을 정성으로 곧추앉아
합장한 손 풀지 않고 오늘도 부처님께 빌고 또 비십니다.
평생을 그렇게 혼을 다해 비십니다.

34.5kg 새털 같은 당신은
아직도 우리에게 하늘이십니다.
지금도 우리에겐 태산이십니다.
살랑살랑 실바람에도 날아갈 것 같은 당신이지만
민들레보다 강한 생활력을 주셨습니다.
바른길을 찾아가는 지혜를 주셨습니다.

당신은 우리들의 신앙이십니다.
아직도 우리에겐 버팀목입니다.
34.5kg은 우리에겐 가장 무거운 무게입니다.

= 2006년 7월 27일 《예천신문》 게재 =

어머니의 속마음은

"박 실아,
채송화가 피었데이
얼마나 이쁜지
지금 한창 이쁘데이
쪼끄마코 이쁜 것이
꼭 니를 닮았데이
비 맞으면 다 지는데
아까워서 우째노"

전화 끝머리에 잊지 않고 하시는 말씀
어머니의 속마음은
외롭다는 비명입니다.
멀리 있는 자식이 보고 싶다는
간절한 호소입니다.

차창을 때리고 굴러떨어지는 빗속의 여행도
혈육이 기다리는 친정 가는 길이기에
즐겁고 여유롭기만 합니다.

고향 가는 버스에는 달랑 네 사람
비 맞은 초목들은 살판났다 춤을 추고
쭉 뻗은 고속도로 잠깐 달려 경기도 땅
산 돌아 충청도요, 터널 지나 경상도 땅

비 오시는 하늘, 비 그친 하늘
비는 내려도 그만, 그쳐도 그만
내가 닿은 고향 땅은
초록 물방울 뚝뚝 떨어지는
싱그러운 이벤트를 준비하고
서울 먼지 닦아주며 환영하더이다.

= 2005년 6월 말일 =

언니를 보내고

내려오는 산길은 아름다웠다. 햇살 좋은 늦가을 오후.

낙엽이 깔린 산길을 터덜터덜 내려오면서 시야에 들어오는 가을 산은 화려하기까지 했다. 정다운 사람과 손이라도 잡고 걸으면 좋을 만한 좁은 길 양옆으로는 온갖 단풍이 한창이고 몇 번 굽은 길을 지나니 길 오른쪽으로 조그마한 호수가 그림처럼 놓여 있다. 작은 호수의 맑은 물속에도 가을은 온통 마지막 단장으로 화려했다.

올라갈 때는 상여 뒤를 따라가느라 눈에 안 들어오던 주변 풍경들이 새삼 보인다는 사실에 난 놀랐다. 이렇게 생과 사는 분명한 명분으로 갈 길을 달리 하는가 보다. 발인제를 올릴 때 쏟아지던 소나기는 진정 떠나는 이의 눈물이었던가? 평소에 부지런하기가 황소 같더니만 떠나는 걸음도 이른 새벽 4시였다.

살던 집을 돌아보고 20년 전에 미리 보낸 꿈에도 그리던 임 곁으로 훌훌히 떠나는 당신을 아무도 잡을 수가 없어 발만 구르다가 끝내는 시댁 동네 뒷산 나지막한 양지바른 곳에 내려놓고 돌아보고 또 돌아보면서 발길을 돌려야만 하는 아픈 늦가을 해 질 무렵.

"난 어떻게 해" 하고 절규하는 막내 이질녀의 울음이 산천을 흔들어도 어찌 그 길은 한 발짝 들어서면 돌아서질 못하는 걸까? 이럴 줄 알았으면 좀 자주 만나고 많은 이야기를 나누었을걸. 맛있는 밥도 같이 먹고, 좋아하는 노래방도 더 갔을 텐데……. 언니는 언제나 젊은 날의 언니로 늘 응석을 받아 줄 거로 믿고 있었다.

언제나 "난 괜찮아, 매사 지성이면 감천이라면서" 하던 언니. 한 번 고달픈 내색 보이지 않고 자식들 훌륭하게 다 짝지어 놓으시더니 입버릇처럼 "늙어 자식 짐은 안 돼야지, 내 갈 때는 네 형부가 후딱 데려갈 끼다" 하더니 급하게도 가셨습니다. 보고 싶은 마음에 쏟아지는 눈물 가눌 길 없습니다.

= 2007년 11월 19일 =

어머니 존경합니다(어머니 사십구재에)

엄마,

올여름은 유난히도 비가 많이 내렸지요.

흐느낌인 양 시작한 비가 어느새 통곡처럼 쏟아지던 날 밤 당신은 저희들을 남겨둔 채 홀연히 떠나셨습니다. 다시 돌아올 수 없는 길을 떠나셨습니다.

자식들이 조금이라도 힘들까 봐 애써 아픔을 감추시다가 평소의 성품대로 정갈하게도 가셨습니다. 가시기 사흘 전 엄마 옆에서 함께한 것이 마지막이 될 줄을 어리석은 자식은 몰랐습니다.

그날 밤 엄마는 그랬지요. 이렇게 아프면 차라리 죽는 것이 좋겠다고. 저는 고작 대꾸랍시고 엄마가 돌아가시면 엄마는 우리도 못 보고, 또 우리는 엄마를 못 보는데 무슨 말씀이냐고 3년만 더 살아달라고 했지요. 엄마는 말씀하셨어요. 내가 아파 자식에게 아무 도움도 될 수가 없다면 살아서 뭣하냐고요. 이제는 눈 감아도 여한이 없다고요.

떠나오던 날 인사하고 나오는 저를 다시 부르시더니 "우리 딸 한번 안아보자" 하시면서 안으시고는 "우리 딸 그동안 수고했다. 고맙다" 하시던 당신은 이미 가실 길을 살피셨던가요?

애처롭도록 작은 체구에 깃털처럼 가벼운 당신이었지만, 당신의 그늘은 한없이 넓고 두터웠습니다. 비바람도 눈비도 뜨거운 불볕도 당신은 다 막아주셨습니다. 저희는 추운 줄도, 더운 줄도 모르고 자랐습니다. 부족해도 부족함을 몰랐습니다.

당신은 일찍이 교육의 힘을 깨달으셨고 혼신의 힘을 다해 교육에 힘쓰셨습니다. 가슴이 아리도록 자식이 아까우면서도 옳지 못한 일에는 모질도록 엄격하셨습니다. 당신의 나무람 앞에서 우리는 꼼짝도 못 하고 두려워했습니다. 당신 같은 엄마가 흔치 않다는 것을 아는 데는 많은 시간이 걸렸습니다. 저 자신이 엄마가 되고, 할머니가 된 뒤에야 조금씩 당신의 삶이 얼마나 힘들었는지를 깨닫게 되었지요. 그렇다고 당신께 제가 달라지게 해 드린 것은 아무것도 없었습니다. 알면서도 늘 내가 편하자고 당신께는 참으라고 주문했습니다. 부처님 제자이니 부처님께 귀의하라고 둘러댔지요. 돌아서서 후회하면서도 당신의 답답한 가슴을 한 번도 열어드리지 못했습니다. 당신이 얼마나 서운했을까를 생각하면 가슴이 미어집니다. 저는 못된 딸이었습니다. 몹시 나쁜 딸이었습니다. 지금 와서 후회한들 무슨 소용이 있겠습니까? 땅을 치고 통곡해도 소용없는 일이 되고 말았습니다. 두고두고 가슴에 담고 죄송한 마음 벗어나지 못할 것 같습니다. 이를 어찌해야 하나요?

그나마 7일마다 만나 뵙던 당신을 이제는 보내드려야 할 시간이 다가오고 있습니다. 삶과 죽음이 손바닥과 손등 같다고 했던가요? 아직 저희에겐 어려운 이야기입니다만 자연의 순리를 따라야겠지요. 이제 이승에서의 미련 모두 버리시고 밝은 빛 따라서 부처님 나라에 들어가셔야지요. 아픔도, 고통도 없는 부처님 나라에 꼭 드십시오. 저희 5남매는 당신의 뜻이 무엇인지 잘 알고 있기에 당신의 뜻 받들어 부끄럽지 않은 모습으로 살겠습니다.

다시 한번 '엄마~' 하고 불러봅니다.

예쁘고 고운 얼굴에 웃음 가득 담은 엄마의 모습을 사진틀 속에서 바라봅니다. 저희 5남매 이만큼 사람 되게 만드시느라 정말 고생 많으셨습니다. 정말 큰일 하셨습니다. 누가 뭐래도 저는 당신을 가장 존경합니다. 사랑합니다. 그리고 그동안 잘못했습니다. 당신 같은 엄마로 당신 같은 할머니로 살아가도록 노력하겠습니다.

엎드려 발원하건대 부디 극락왕생하옵소서.

= 2011년 9월 17일 =

이별 준비

우리가 언제
자주 만났던 적이 있었던가?
우리가 언제
마주 앉아 이야기 나눠 본 적이 있었던가?
옛이야기도, 긴 이야기도
자잘한 일상도
다정하게 나눠 본 적이 있었던가?
이제 막 편하게 마주 보며 앉아서
그간의 못다 한 소소한 이야기를
시작하려 하는데…….
시간은 시샘인가
송두리째 앗아 갔네.

준비하고 준비해서
보내려고 했는데
아직도 할 일이 태산같이 많다더니
무엇이 그리 바쁘셨는가?

끊임없이 연구하고 도전하는 사람
본분을 지키면서 책임감이 강한 사람
성실하고 부지런한 사람
부모님을 기쁘게 한 효자였고
형제들에게는 가슴 뿌듯한 자랑스러운 동기로
조카들에게는 꿈이자 희망의 본보기를 보인 사람
제자들에게는 자상하고 존경받는 스승으로
많은 이에게 꿈과 희망과 용기를 나누고 간
진정한 연구원으로

혼자 가는 길
외로움일랑 떨치시고
60대 소년의
장난기 넘치는 맑은 눈
한 번 찡긋~
천진한 웃음 뿌리며
그렇게 보내려 했었는데

이번 프로젝트
또한 그리도 급한 일이었나?
언제나 우리에게 자네는
바쁜 사람으로
아쉬움만 안겨주는
미운 사람아,

고운 단풍 사뿐히 내려앉는

가을 길을 가벼운 걸음으로
곧장 가시게.

= 10월 22일 동생의 초재에 =

2016년 10월 16일

작년 11월,
하늘이 내려앉는 암 말기 선고를
받아 안고서
그 아픔을 이겨보겠다면서
보내온 희망의 메시지.
이 시간 그걸 다시 열어 보면서
슬픔과 안타까움에 갇혀
소리 죽여 울고 또 운다.

어리석은,
말도 안 되는,
바보 같은 짓인 줄 알면서도
난 오늘
동생에게 전화를 건다.
'띠르륵'
기계음 소리
잇따라 전해온 메시지는
"지금 거신 전화는 고객의 요청에 의해서 당분간 착신이 정지되어 있습니다."

명백한 사실 앞에 울컥울컥
올라오는 슬픔을 가눌 수 없어
꺼억꺼억 울면서
그리움을 덮는다.

미처 몰랐었다.
아버지가 가시고,
어머니가 가신 뒤
그립고 안타까운 마음이 하늘만큼
크다고 여겼더니,
그보다 더 큰 안타까움이 여기에 있을 줄을.
하늘이 내려앉고 땅이 꺼지는 듯한
안타까움과 슬픔이 여기에 있는 걸…….

사람들은 말한다.
아픔이 없는 곳에서 편안히 잘 있을 거라고,
너무 많은 일을 해서 쉬게 하는 거라고.
말 같지도 않은 말들
누가 보기라도 했단 말인가?

떠나버린 주인을 따라서
하나씩 하나씩 사라져 가는 것들,
그나마 남아 있는 흔적들도
시간이 흐르면서 사라지겠지?

가을과 함께 떠난
혈육과의 영원한 이별.

보고 싶다.
만나고 싶다.
같이 밥도 먹고
이야기도 하고 싶다.
그리고
함께 웃고 싶다.

동생네, 이민 가다

동생 가족이 뉴질랜드로 이사를 갔다.

인천공항에서 출국 절차가 끝나 들여보내고 돌아서니 참았던 눈물이 쏟아진다. 가고 싶어서 가는 것이라지만 낯선 곳에서 적응하고, 새 삶을 개척해야 할 것을 생각하니 가슴이 미어지는 듯 안쓰럽기만 하다. 단칸방에서 시작해 분당에 제법 큰 아파트도 장만하고 대기업에서 중견으로 중책을 맡고 열심히 사는 모습이 늘 든든하고 대견했는데 무엇이 내 동생을 이민 가게 했는지? 돌아오는 내내 훌쩍이는 모습이 딱했는지 운전하던 아들이 "우리도 해외에 갈 데가 생겨서 좋은데 뭘 그러세요?"라며 위로라고 한다. 그래, 한 다리 건너 천 리라더니, 네 맘은 그렇겠지? 네가 어찌 내 맘을 알겠노? 내 맘이 이럴진대 듣지도 보지도 못한 나라로 이사 간다고 훌쩍 가버리는 아들을 배웅도 못 하시고 고향 집 안방에서 염주 돌리시는 어머니의 마음은 어떠실까? 그것 또한 가슴이 미어지는 듯하다.

* * *

동생네가 떠난 지도 반년이 되었다.

사업을 시작하고 동분서주 바쁘다니 작은 뿌리 하나 내리나 싶다. 낯설고 물선 곳에서 아이들이 잘 적응한다니 다행이다 싶지만 언제나 괜찮다고, 잘 있다고 하는 성격이니 정말인지 믿을 수가 없다. 가까이 있을 때는 자주 보지 않아도 거기 있으려니 했더니 먼 곳으로 가고 나니 왜 이렇게 보고 싶은지 메일 속에도 눈물을 섞어서 보낸다. 이 세상 많고 많은 인연 중에 혈육의 인연보다 더 진한 인연이 있겠는가? 보고 싶고 궁금한 마음에 오늘도 컴퓨터를 켜고 메일을 열어본다.

* * *

3년 만에 동생 가족 모두가 다니러 왔다.

그동안 동생은 해마다 한 번씩 다녀갔지만 가족이 다 오기는 이번이 처음이다. 일단은 온 가족이 올만큼 마음의 여유가 생겼으니 안심이고, 조카들이 건강하게 잘 커 주어서 흐뭇했다. 우리 집에 짐을 풀고 시골로, 처가로, 친구들 만나랴 정신없이 바삐 다니더니 4주의 일정이 금방 지나갔다. 올케나 조카들은 자기가 필요한 물건들을 사느라 시장을 들락거리고, 여기저기서 준 따뜻한 정성들을 꾸려서 다시 그 먼 곳으로 떠났다. "형님 한번 오세요." 울먹이는 올케의 인사가 날 슬프게 한다. 멀고 먼 이국땅에서 얼마나 외로웠으면, 또 얼마나 그리웠으면 제집으로 가는 것이 울고 가는가.

친정집의 사계

담장 안 어디에선가 카랑카랑한 귀에 익은 엄마 목소리가 들리는 것 같은 그곳, 부엌 아궁이 빨간 불 위 뚝배기에 보글보글 된장이 끓고 그 구수한 냄새가 뼛속까지 밴 그곳, 내 어린 날 잔뼈가 굵고 꿈을 키워온 곳. 지금도 생각하면 따뜻하고 그리운 집, 친정집!

겨우내 매서운 된바람을 견뎌낸 매화가 꽃망울을 터트리면 봄바람에 잠이 깬 수선화, 금낭화, 백목련, 자목련이 마당 구석구석에서 순서를 기다리며 기지개를 켜고 존재를 알린다. 따뜻한 봄볕 담장 아래 키 작은 제비꽃이 검불 위로 힘겹게 고개를 내밀고 보랏빛 꽃잎을 열어 수줍게 웃는다. 작약꽃이 피고 목단꽃이 우아하게 피고 지면 봄은 여름에 자리를 비켜줄 채비를 한다.

단오가 가까워 오면 감나무에는 하얀 꽃이 잎사귀를 비집고 고개를 내민다. 싸리비 살짝살짝 줄을 긋고 지나간 감나무 밑 흙바닥에는 하얀 꽃이 살포시 떨어져 누군가를 기다린다. 갈래머리 땋은 작은 계집아이가 쪼르르 달려가서 구슬 줍듯 소중히 꽃을 주워 깨어진 바가지에 담는다.

계집아이들의 소꿉놀이에 밥도 되고 반찬도 돼 준 예쁘고 귀한 꽃.

실에 꿰어 목에 걸면 예쁜 꽃목걸이가 되어 아름다움과 꿈을 함께 선물했던 하얗고 통통한 감꽃.

송곳으로 뚫어 꿰맨 깨진 바가지와 흙 위에 떨어진 감꽃.

담장 아래 핀 작은 풀꽃만으로도 담장 안 감나무 밑은 평화롭고 고요한 동화의 나라였다.

한여름 더위가 시작되면 우물가 꽃밭에는 봉숭아가 피고, 예쁜 요정의 화신인 양 땅바닥에 엎드려 기는 채송화가 아침 해를 반긴다. 벌들이 몰려와 윙윙 노래하고 춤을 춘다. 꽃과 벌, 나비의 향연이다. 백일홍, 분꽃이 자기만의 색깔로 맘껏 뽐낼 즈음 계절 행사로 할머니의 도움을 받아 자그마한 손톱에 봉숭아물을 들인다. 모깃불 연기에 눈이 매워도 평상에 둘러앉은 가족들은 옥수수를 먹으며 은하수 사이로 빠르게 떨어지는 별똥별에 소박한 꿈을 빌었다.

매미, 여치 소리가 잦아지고 아침저녁 풀벌레 소리가 들려오기 시작하면 어느새 활짝 열고 지내던 방문을 닫게 되는 가을이다. 감나무에 달린 감은 하루가 다르게 짙은 주황색으로 익어가고 밤나무 아래엔 토실토실한 알밤이 떨어져 이슬에 젖어 있다. 꽃은 가장 늦게 피우고 열매는 가장 빨리 먹는다는 대추가 발그레 물이 들면 어느새 추석이 코앞이다.

아침저녁 기온이 내려가고 쌀쌀해지면 타작이 끝난 마당가에 노란 국화꽃이 피고 겨울맞이 문 바르는 작업이 시작된다. 햇살 좋은 맑은 날 문을 모두 떼어다가 양지바른 곳에 비스듬히 기대어 세운다. 희끄무레 칙칙한 때 묻은 문에 양 볼 빵빵하게 입에 가둔 물을 뿜어 창호지를 떼어내고 문살 틈에 낀 먼지를 수수비로 쓸어낸다. 그리고 미리 마름질해 둔 문종이를 풀칠한 문틀에 붙인다. 문고리 부분에는 견고하게 문종이를 두 겹 겹쳐서 붙여주는데 이때 국화꽃이나 코스모스 꽃잎을 넣어서 붙여주면 섬세하고 고운 모습을 두고두고 즐길 수 있다. 밖을 쉽게 내다볼 수 있도록 손바닥 크기의 네모반듯한 유리 조각을 문 아래쪽 적당한 위치에 붙이고 문풍지를 붙이면 문 바르기 완성이다.

문틀에 붙인 한지가 마르면 문을 제자리에 달게 되는데, 새로 붙인 팽팽하고 깨끗한 한지를 통해서 흘러드는 엷은 가을 햇살의 애처로움과 은근함은 잊을 수 없는 아름다운 영상으로 내 뇌리에 저장돼 있다. 어느 날 허전하고 외로울 때, 고향 집의 따사로움이 그리워질 때, 가끔 꺼내 보면 그리움에 눈가가 촉촉해지면서도 빈 가슴을 채워주는 잊지 못할 풍경이다.

가을걷이가 끝나고 이웃집 지붕에 하얗게 된서리가 내리면 마당의 활엽수는 모조리 잎을 떨궈서 겨울 준비를 하고 주목과 회양목만 독야청청이다. 텃밭에 심은 무를 뽑아 초저녁에 가족들이 둘러앉아 썰어서 아침이 되면 마당에 멍석을 깔고 펼쳐 초겨울 햇살에 얼었다가 녹기를 거듭하면서 말린다. 쫄깃쫄깃 살캉살캉한 무말랭이를 겨우내 먹고도 풋나물 나는 봄까지 먹는다. 김장하고 남은 무는 땅속에 묻고 짚으로 엮은 이엉으로 움막을 지어서 보관했다. 대파, 배추, 배추 뿌리도 그곳에 함께 보관했는데 움막 속에서 돋아나온 움파는 긴 겨울의 요긴한 양념이었다. 움파를 넣고 끓인 김치밥국이 생각나면 가끔 만들어 먹어 보지만 그때 그 맛은 아니다.

겨울 준비의 가장 큰 행사는 뭐니 뭐니 해도 김장하기다. 냉장고가 없던 시절이니 자연 숙성에 자연 냉장 보관을 위해서 땅에 독을 묻고 독 둘레를 짚으로 엮어서 정갈하게 둘렀다. 흙이 독에 들어가는 것도 방지하고 방한 효과도 노린 조상님들의 지혜였다. 짚을 엮어서 김치 광을 짓고 입구에 거적문을 달았는데 김치 광의 안과 밖 모습이 어찌나 깔끔하고 예뻤던지 나는 그곳에 드나들기를 좋아했었다. 숨바꼭질할 때 은신처이기도 했던 김치 광은 지금도 김장철이면 연상되는 유년기의 아름다운 내 고향 집 모습으로 마음을 살찌운다.

겨울 준비가 끝난 동네는 고요 속에 빠진다. 감나무 꼭대기에 매달린 너덧 개의 감은 붉은빛을 더하고 더러는 참새가 찍어 먹다가 푸드덕 날아가면 바닥에 툭 하고 털썩 떨어지기도 한다. 어쩌다가 눈이 오는 날이면 조용하던 골목길에는 아이들과 강아지가 함께 시끌벅적 소란해진다. 싸락싸락 눈이 내리는 밤에는 할머니께서 벽장 속에 감춰두었던 밤을 꺼내서 화롯불에 묻는다. 잘 익은 군밤을 후후 불며 이 손 저 손 옮겨가며 까서 둘러앉은 손주들 입속으로 넣어주셨는데 그 달콤하면서도 고소한 맛과 따뜻한 사랑은 내가 할머니가 된 지금도 이따금 할머니를 몹시 그립게 한다. 군불 넣어 따끈따끈한 방에서 먹던 살짝 언 감 홍시는 눈도 입도 호강하는 겨울밤 훌륭한 간식이었다.

내 어린 날의 겨울밤 친정집에는 곶감에 놀란 호랑이가 줄행랑을 치는가 하면, 콩쥐팥쥐가 시샘을 하면서 다투기도 하고, 장화와

홍련이 할머니의 부름을 받고 내 집 가까이 다가올 때쯤이면 작은 계집아이는 할머니의 겨드랑이에 얼굴을 박고 새록새록 꿈나라로 여행을 떠났다. 깊고 고요한 꿈나라로…….

기다림

난 어제부터 전화기 앞을 떠나지 못하고 있다.
해마다 안 빠뜨리고 걸려오는 엄마의 전화를 기다린다.
유선을 타고 건너오는 엄마의 목소리를…….

'박 실아, 내일 니 생일인데 알고 있나?
니 잊어 뿌리지 말라꼬 내가 전화한데이
아이구나! 야이야아~
니 나이가 하매(벌써) 환갑이 지나고 진갑이구나.
미역국 맛있게 끓여 먹어래이.'
하시면서 어제 왔어야 할 전화다.

'박 실아, 아아들하고 생일 잘 차려 먹었나?
내가 맘뿐이다아.'

어제도 오늘도 오지 않을 전화를, 올 수 없는 전화를
나는 올 것 같은 마음으로 기다린다.

엄마 전화에 기분 좋게 답해 드리려고

미역국을 끓이고, 냉동실에 감추어 둔 조기도 찌고,
전도 부쳐서 한 상 차려 먹었는데 해가 지고,
사방은 어두워졌는데도 기다리는 전화는 오지 않는다.

잘 차려 먹었다고 기분 좋은 대답도 준비했는데
꿈에라도 한 번 다녀가시면 좋으련만
이 딸한테 단단히 삐치셨는지 한 번도 안 오신다.

오늘은 엄마가 많이 보고 싶다.
엄마의 정다운 목소리가 그립다.
간절히 기도하는 마음으로 잠을 청해 봐야겠다.

= 2013년 5월 =

친정 남매들과 여행

친정 남매들이 모였다.

제주행 비행기를 탔다. 즐겁고 기뻐야 할 텐데 그렇지가 못하다. 마음 한구석 뚫어진 틈으로 쏴아~하고 찬바람이 분다.

지난봄부터 계획한 여행이었다. 멀리 뉴질랜드에 사는 동생 내외도 일찌감치 한국행 티켓을 예매했었다. 그런데 정작 이 여행을 준비하게 한 주인공이 이 자리에는 없다. 진행할까 말까 망설이다가 남아 있는 사람들끼리라도 진행하자는 결론을 내고 준비해서 나선 여행이었다. 훗날 남겨질 후회와 아쉬움을 한 가지라도 줄여 나가자는 결론을 얻고 3박 4일을 함께 지내기로 했다,

서울 팀은 하루 먼저 가서 정해 놓은 숙소에 터를 잡고 다음 날 도착하는 팀을 맞았다. 같은 시간, 같은 공간을 공유한다는 소소한 일상이 위대한 축복이란 것을 가슴 저리게 깨달은 터라 더없이 소중한 시간이었다. 또한 되돌릴 수 없는 사실을 인정하는 시간이기도 했다.

사는 것이 왜 그리 바빴던지 종종걸음 치며, 여유로운 모임 한번

가져보지 못하고 떠난 동생을 가슴에 담고 우리 남매들은 지칠 대로 지쳐서 헤어나지 못하는 감성을 어루만지며 놀멍 쉬멍 제주의 아름다운 풍광 속에서 위로받고 싶었는지도 모른다.

혈육이라는 기막힌 인연으로 만나서 하늘 아래 함께 숨을 쉰다는 그 자체만으로도 힘이 되고 용기를 얻고 가슴을 따뜻하게 채워 주는 것이 가족이고 형제 남매지간인데 어쩌다가 우리는 소중한 사람을 잡지 못하고 속절없이 보냈어야 했는지 사무치는 그리움에 가슴을 쓸어내려야만 했다. 그래서 우리에게 더욱 소중히 여기고 더욱 아끼면서 남은 시간을 함께할 것을 일깨우는 시간이기도 했다.

우리 남매들은 제주의 곳곳을 돌아보면서, 또 사진으로 남기면서, 맛있는 것을 먹으면서 웃다가 울다가 3박 4일을 함께했다.

> 자세히 보아야 예쁘다.
> 오래 보아야 사랑스럽다.
> 너도 그렇다.
> – 나태주 님 「풀꽃」

「풀꽃」을 마음속으로 읊으면서 서로 깊은 관심과 따뜻한 형제애로 아름다운 모습을 오래오래 기억하고 추억하기를 소원했다.

머지않은 시간에 가까운 해외로 우리 남매들 함께 뭉쳐서 날아가자는 의견을 모았다. 건강한 다음 여행을 기대한다.

2017년 1월 그 후

2017년 12월 뉴질랜드

2018년 12월 베트남

2020년 12월 태국

건강이 허락하는 한 여행은 계속된다.

이해하고, 보듬고, 사랑하면서.

뉴질랜드(동생네 집)에 오다

유리알처럼 투명한 하늘이 너무 맑아서 하늘이 바다인 듯 바다가 하늘인 듯 구분이 되지 않는 그 사이를 갈매기들이 천천히 날고 있다. 몽실몽실 피어오르는 목화송이 같은 흰 구름이 한결 여유로움을 느끼게 하는 뉴질랜드에 왔다.

동생네가 2001년 12월에 멀고도 먼 땅으로 이사를 하고 처음으로 동생 집에 온 것이다. 그동안 궁금한 것도 많고 오고도 싶었지만, 이 핑계 저 핑계에 또 여러 가지 상황들이 겹치는 바람에 오늘까지 미루어져서 16년이란 시간이 지나갔다.

이번에는 큰맘 먹고 나섰다. 우리 내외와 작은아들네 네 식구, 또 막냇동생네 모녀, 이렇게 여덟 식구가 벅찬 마음으로 멀고도 먼 나라에 동생을 만나러 왔다. 동생네 집으로 오는 길은 세계 기상도에서 가장 깨끗하게 기록되는 나라답게 파란 하늘에 골목도 거리도 주택들도 꽃과 숲으로 꽉 찬 잘 가꾸어진 공원이었다. 마중 나온 작은 조카의 차를 타고 이동하면서 차창으로 보이는 가로수의 푸르름에 감탄사가 저절로 나왔다.

집에 도착하니 맨발로 뛰어나오는 올케와 이미 나와서 기다리고 있는 질부와 손주 둘이 반갑게 맞아주었다. 짐을 풀고 잠시 휴식을 취한 다음 꼭 와 보고 싶었던 나라 뉴질랜드의 도시 오클랜드의 거리로 나섰다.

휴가철이라 주택가는 너무도 조용하고 차도 적어서 이 나라의 대도시가 우리나라 시골길보다 조용하고 한가로워 보였다. 인도는 차도 쪽으로 잔디가 잘 정돈돼 있어 깔끔했다. 우리나라의 보도블록으로 깔아 놓은 것과 바로 비교가 됐다. 가끔 거리에서 마주치는 사람들은 밝은 표정으로 환하게 웃으며 “Hi~” 하고 인사를 건네 왔다. 남녀노소 누구든지 먼저 인사를 건넨다. 굳어 있던 내 표정도 그들에 의해 풀어지는 데는 긴 시간이 필요하지 않았다. 그들은 맨발로 간단한 운동복을 입고 조깅을 하거나 걷거나 또는 반려견과 함께 산책하고 있었다. 모두가 여유로운 모습이다. 가감없이 내리꽂히는 태양이 뜨겁지만 그늘에만 들어서면 시원하고 쾌적하다.

집에서 가까운 바닷가를 걸어서 동네를 한 바퀴 돌고 들어가니 맛있는 저녁상이 입맛 돌게 차려졌다. 큰 조카가 바다낚시로 잡아 왔다는 도미 회에 회덮밥, 매운탕까지. 여기에 환영 포도주 한 잔씩을 건배하고 소중한 만남과 뉴질랜드 여행의 시작을 자축했다. 식사 후 올케는 클래식 음악을 트로트로 바꾸더니 나를 잡고 춤을 추자 한다. 먼 길 와줘서 반갑다고 이제야 시댁 식구들이 오셨다고 감사하다는 인사에서 진심을 느낄 수가 있었다. 고마웠다. 흥겨운 ‘뽕짝’에 맞춰서 올케와 막춤을 췄다. 처음 보는 모습이었다.

얼마나 외로웠을까?

얼마나 힘들었을까?

그런 생각이 스치자 가슴이 먹먹해 오더니 코끝이 싸하고 매워지면서 눈물이 핑 돌았다. 이 먼 땅에서 절박했을 그들의 힘겨웠던 시간들이 눈에 선하게 그려졌다. 조카 둘을 반듯하고 자랑스럽게 키워서 직장 잡기 어렵다는 나라에서 남들이 부러워하는 시청 공무원으로, 의사로 자리 잡고 일하며, 며느리도 맞이하고 손자, 손녀까지 식구도 늘렸다. 전망이 집값을 좌우한다는 나라에서, 멋진 전망과 아름다운 정원과 수영장이 있는 넉넉한 보금자리를 마련했으니 장하기가 그지없다.

소중한 내 동생, 올케 이만하면 잘 살았네.

이제는 고향에 있는 우리 모두도 안심이야.

앞으로는 조금 여유롭게 건강 잘 챙기면서 살았으면 좋겠네.

= 2017년 12월 28일 =

올케언니

아침에 눈을 뜨면 자리에 누운 채 전화기를 집어 들고 확인하는 것이 그날의 시작이 된 지 오래다. 오늘도 버릇대로 카카오톡을 열고 확인에 들어갔다. 맨 먼저 확인하는 것이 가족과 친정 형제들의 카카오톡이다. 오늘의 첫 번째 확인은 시골 올케언니가 보낸 친정집 꽃소식이었다. 커다란 빨간 고무 그릇에 연꽃이 해맑은 얼굴로 조용히 웃는다. 그 옆으로 수국이 꽃을 이고 무거운 양 옆으로 살짝 고개를 숙이고 있는 친정집 꽃밭이 휴대폰 속으로 들어와 있었다. 정성 들여 가꾼 꽃들이 예쁘게 피어나는 것을 보는 요즘 사는 재미가 쏠쏠하다는 언니의 일상도 적혀 있었다.

친정 올케언니는 나와 동갑내기로 소도시에서 간호사로 일하다가 중매로 오빠를 만나 우리 집으로 시집을 왔다. 중학교 때 엄마를 여의고 아버지와 외롭게 살아서 형제가 많고 식구들이 북적거리는 대가족으로 사는 것이 꿈이었다고 한다. 꿈을 좇아서 온 시집은 늘 많은 식구들로 북적거렸고 분주하고 고달픈 시집살이의 시작이었다. 자존심 강하고 고집이 센 우리 오빠는 뻣뻣하고 무뚝뚝한 경상도 남자의 표본으로 따뜻한 말 한마디 위로할 줄 모르는 호락호락하지 않은 남편이다. 거기에다 사업하는 친구 보증까지

서 줘서 도망간 친구 빚 갚는 꼴까지 봐야 했다. 층층시하 여러 남매에 머슴들까지, 많은 식구 틈에서 힘들었을 시집살이가 짐작이 가고도 남는다.

긍정적이고 착한 올케는 지금까지도 친정집 지킴이로 우리들을 불러 모아주신다. 시집오는 날부터 시부모님이 돌아가시는 날까지 긴 세월을 고락을 함께했어도 시부모님에 대한 불평 한 번을 들어본 적이 없으니 가히 국보급이라고 할 수 있다. 시아버지, 시어머니의 애틋한 사랑을 듬뿍 받아서인지 시부모의 마지막을 다 지켰으니 어느 자식이 그만하겠는가?

어느 날 올케에게 이제는 나이도 들었고 일하는 것도 힘이 드니 김장김치는 안 가져가겠다고 했더니 무슨 섭섭한 말을 하느냐고 정색을 하셨다. 농사지은 거로 해서 나눠 먹는 건데 그럼 배추 무는 다 어쩌느냐고 하시는데 그 진심을 느끼기에 가슴이 먹먹하면서 울컥했었다.

봄에는 열무가 너무 자라서 다 뽑았다고 열무김치를 담가 보내시고, 언 땅 녹고 처음 나온 부추라서 몸에 좋다고 머위랑 곱게 다듬어 보내시는가 하면 담장 안에 두릅이 돋았다고, 마당가에 취나물이 먹기 딱 좋을 때라고 올망졸망 보내 주신다. 간장, 된장, 고추장, 김장김치, 마늘, 고춧가루, 쌀 등 무엇이든 주고 또 주시니 난 서울에 앉아서도 친정집 텃밭에서 자라는 푸성귀를 먹으면서 사는 호강을 누린다.

언니 오빠는 형제들이 모이는 것을 좋아하셔서 안부 전화라도 하면 언제 오겠느냐고 하시고 우리가 가면 귀찮아하지 않고 우리가 좋아하는 고향 음식을 아낌없이 준비해서 맘껏 먹이고 또 잔뜩 싸 주신다. 염치없게도 우리는 트렁크가 꽉 차도록 싣고 좋아라고 돌아오면서 "잘 먹을게요. 또 올게요" 하면 올케는 언제나 "다음에 오면 더 맛있는 거 해 줄 거니까 또 와요" 한다. 한 달에 한 번씩만 오면 좋겠다는 우리 올케언니.

봄에 갔을 때도 언니는 맛있는 옥수수 많이 심었으니 여름에 꼭 먹으러 오라 했다. 그래서 우리는 여름이 가기 전에 옥수수를 먹으러 가야 한다. 그리고 얼른 코로나가 끝나야 올해도 연중행사인 형제 여행을 떠날 수가 있게 되는데 걱정스럽다.

언니, 오빠,
건강하게 오래오래 우리와 함께하기를 기원하면서 감사한 마음 전합니다.
올케언니 고맙습니다. 그리고 사랑합니다.

= 2020년 7월 =

가을바람에 그리움이

무얼 하고 살았나?

이제 한 달이 지나고 2020년이 열리면 내 나이 70이 된다. 그 긴 세월을 나는 무얼 하고 살았던가?

부모님으로부터 이 몸을 받아서 세상에 나와 이 나이 먹도록 나는 무얼 하고 살았나? 잘못한 일도 많고, 후회도 많지만 그래도 잘한 일이 한두 가지는 있어야 하지 않을까 해서 곰곰이 생각해 보았다.

첫 번째는 엄마가 되었다는 것이 가장 큰 보람이라 여겨진다. 두 아들의 엄마로 살면서 기쁨과 희망과 용기를 얻으면서 살았다. 힘들고 어려운 일이 있을 때마다 늘 아이들로부터 일어설 수 있는 힘을 얻고, 용기를 얻었다. 엄마이기에 아낌없이 주고도 더 주고 싶은 사랑을 배웠다. 어느 누가 시키지 않아도 아가페 사랑을 스스로 실천하는 것을 배웠다. 엄마가 되어 보지 않았다면 어찌 그 고귀한 사랑을 감히 경험하고 실천하였겠는가? 인내하고, 책임지고, 믿어주고, 기다려야 하는 힘들고 어려운 시간을 억척스럽게 감당해 내는 것도 엄마이기에 가능했다.

누구에게서 엄마의 자질을 구체적으로 교육받은 적은 없다. 자식을 둔 엄마의 마음은 봄볕보다 따사롭고, 솜털처럼 부드럽지만 때로는 무쇠 덩이보다 단단하다. 자식 앞에서는 세상에서 가장 강한 만능 슈퍼우먼이 된다. 짧으면서도 강하고 따뜻한 두 음절의 낱말 '엄마'라는 존재는 평범한 인간을 신에 가까운 사랑으로 실천하게 하는 힘이라고 생각한다. 유대인은 '신은 아무 곳에나 있을 수 없기에 어머니를 만들었다'고 했다. 나는 두 아들의 엄마가 되었음이 내 생에 가장 큰 보람이고, 내가 살아가는 가장 큰 의미라고 하겠다. 그런데 돌이켜 보니 나는 자식에게 준 것보다 받은 것이 훨씬 많은 복 많은 엄마다.

또 하나, 부처님 법을 만나서 부처님 제자가 된 것이 내 삶의 큰 행운이라 하겠다. 어린 날 어머니를 따라서 가던 절집. 금강문에 들어서면 양옆으로 눈을 부라리고 서 있는 사천왕이 무서워서 두 손으로 눈을 가린 채 엄마의 치마폭을 잡고 지나갔다. 그러면서 부처님의 얼굴을 익혔으나, 성인이 되어서는 석가탄신일에나 절집을 찾는 오락가락 불자였다.

1992년 11월 15일 하늘이 무너질 듯한 힘든 일을 만났을 때 나는 막연했다. 수술실에 혼절한 남편을 밀어 넣고 수술실 밖에서 안절부절못할 때 지푸라기라도 잡고 싶은 간절한 마음으로 부처님을 찾게 되었다. 부처님은 내 눈물을 받아주셨다. 불법을 제대로 이해하지 못하면서도 부처님 앞에 가면 위로를 받고 돌아왔다.

암 덩이를 도려내는 모진 수술을 받고 8시간 암흑 속에서 헤맬 때도 어머니의 기도에 응답하신 부처님이 날 깨워 주셨다. 분노와

원망으로 마음도 몸도 지칠 대로 지쳐 있을 때도, 항암치료를 받을 때도 부처님께서는 불덩이 같은 내 마음을 어루만져 주시고 식혀주셨다.

부처님은 모든 일과 생각은 내 안에서 일어나고 내 안에서 스러진다고 일러 주셨다. 스스로 잠재우고 스스로 해결해야 함을 깨우쳐 주셨다. 누구 때문이 아니라 나 자신 때문에 힘들다는 것을 알게 되었다. 영원한 것은 없으며 모든 것은 지나간다는 가르침으로 지금의 나를 지켜주셨다. 부처님의 가피에 두 손 모아 합장한다.

그리고 또 한 가지, 교사라는 직업으로 아이들을 가르치는 일을 했다. 평소에 아이들을 좋아했고 또 아이들과 잘 놀아주는 편이었던 나는 유치원 교사나 아니면 산골 마을의 조그만 초등학교 교사가 되고 싶었다. 나는 소망대로 교사가 되었고, 경북 영주 장수국민학교에서 교직 생활을 시작해서 서울 청담초등학교에서 퇴직했다.

힘들 때도 많았고 후회되는 일도 많았다. 교육자라는 직업의 특성상 만족이 있을 수 없었고 늘 돌아보면 아쉬움과 부족함으로 한 해 한 해를 마무리해야 했다. 새 학년이 시작되어 반 아이들을 처음 만날 때면 늘 하던 나와의 약속이 있었다. 거창하게 말하자면 내 교육철학이라고나 할까. '정성을 다하자. 진심은 통한다.' 나는 그렇게 아이들과 지지고 볶으면서, 웃고 울면서 66㎡(20평) 공간에서 지루하지 않은 바쁜 시간을 보냈다. 30여 년을 아이들과 함께 한 시간은 내 일생에 큰 보람이다. 퇴직한 지 20년이 지난 지금도 가끔씩 복도 청소를 하거나, 운동회 준비를 하는 등 학교에서 하던 일을 꿈속에서 만난다. 나와 함께했던 소중한 내 제자들이 모두 건강하고 행복하기를 진심으로 기도한다.

30년을 바쁘게 살았던 덕분에 매달 어김없이 들어오는 연금은 지금 와서 효자 중의 효자다.

그 사람은 어디에

문갑 정리를 하다가 오래된 와이셔츠 상자가 있기에 열어 보았다.

무심한 세월 속에 빛바랜 사진들이 고스란히 옛 시간을 간직한 채 뒤죽박죽 뒤섞여 있었다.

많은 사진 속에 교복칼라 빳빳하게 다림질해서 세워 입고 교모 반듯하게 눌러 쓴 똘똘하고도 예리하게 생긴 남학생의 명함판 사진을 집어 들었다. 가는 줄도 모르고 보낸 세월의 저 뒤편에 처져 있는 그림자인 양 물끄러미 들여다보고 있노라니 언제부터 그러고 있었는지 어깨너머로 보고 있던 작은아들이 한마디 던진다.

"우아~. 카리스마 끝내주는데요. 그 똑똑하게 생긴 남학생은 누구예요? 설마 우리 엄마 첫사랑? 이목구비 뚜렷하고 눈도 코도 잘 생겼네요"라며 너스레를 떤다.

그랬었나? 스쳐 지나간 시간의 속도에 반항이나 하듯이 사진을 다시 상자 속에 가두어 버렸다. 그때의 그 시간들과 함께.

흔히들 말하는 조건이라는 것이 변변치 못하다는 이유로 남편은 사윗감으로 환영받지 못했다.

결혼을 시킬 때는 내 자식이 태산같이 커 보인다는 사실을 나도 내 자식 혼사 때에야 알게 되었는데 우리 아버지 어머니도 그때는 그러하셨던가 보다.

하지만 무언가 꽂히면 끝장을 보고 마는 성격의 이 남자를 누가 말리겠는가?

겁 없는 추진력과 한 번 맺은 인연은 득을 보나 해를 보나 끝까지 이어가야 한다는 미련할 정도의 의리를 내세우는 사람, 일하는 것도 술 마시는 것도 친구 좋아하는 것도 못 말리는 사람.

책임감 강하고 지나칠 정도로 부지런한 사람, 본인에게 인색하고 남에게는 대책 없이 후한 사람. 차가운가 하면서도 정에 약한 사람, 돈 떼어먹고 도망가는 친구에게 가족들 비상금 털어서 야반도주 도와주는 사람.

그래서 나는 계산하지 않고 넘어가 주었는데…….

어느 날 교통사고로 과거를 몽땅 송두리째 한 방에 날려 보내더니 유독 나에게만 그동안의 모든 것을 보상이나 받겠다는 것처럼 피해 의식에 절어, 소심하고, 짜증 내고, 못 믿고, 화 잘 내는 사람으로 바뀌어 버렸다. 다치기 전에는 쌍시옷 한번을 입에 올리지 않았고, 언제나 긍정적인 사고에 불평을 모르고, 늘 기분 좋은 사람이었는데 머리 수술 이후로는 좋아하는 술을 마시고 오는 날은 지옥을 함께 들고 와서 술이 깰 때까지 나에게 여러 가지 방법을 동원해서 지옥을 체험시키는 사람으로 변해 버렸다. 그 고통은 온 가족의 삶의 질을 떨어뜨렸고 나에게는 길고 긴 어둠의 터널이었다.

내 좋은 시절과 그 사람의 좋은 시절 역시 1992년 11월 15일로 끝이 났다.

살려야 한다는 절박한 심정으로, 현대의학의 혜택으로, 또 본인의 지독한 의지로 지금까지 살아남았다.

나 또한 남편이 다치기 전 가장으로서 충실했고 자식들에게 다정다감하게 했으니 꼭 그만큼만 갚아보자는 빚 갚는 심정으로 지금까지 용하게도 버티어 오고 있다.

오른쪽 어깨 축 처지고 앞으로 구부정하게 잦은걸음으로 바쁘게 걷는 할아버지의 뒤통수에 할머니가 퉁명스럽게 말을 한다.

"어깨 좀 펴고 가슴을 내밀고, 땅만 내려다보지 말고 걸어요. 천천히 발뒤꿈치부터 걸으라니까요. 바르게 걸어야지 생각하면서 걸으라고요."

힐끔 돌아보더니 그러거나 말거나 휘적휘적 가던 대로 간다.

순간순간 솟아나는 욕심 때문에 갈등하고 날 세우면서 살기를 28년째다.

하긴 이만한 것도 장하고 감사해야지 하면서도 독버섯처럼 돋아나는 욕심과 기대는 왜 접지 못하고 살고 있는지?

종이 상자 안에 갇혀 있던, 아들이 가리키는 카리스마 끝내준다는 그 사람은 어디에서 찾을까.

1992년 11월 15일

끼이익! 끽!
고막이 찢어질 듯 고약한 급정거 기계음 소리.

하얀 와이셔츠 앞자락이 공중으로 솟구치면서 넥타이가 펄럭이더니,
쿵! 하는 굉음과 함께 시공이 멈추는 순간이었다.

세상에 이럴 수가.
청천벽력이!

머릿속이 텅 비고 눈앞이 아물아물하더니 눈앞에 별이 오락가락한다.
손발이 저리고 털썩 주저앉을 듯 다리에 힘이 빠진다.

손톱으로 넓적다리를 꼬집는다.
'정신 차리자.'
'정신을 차리자.'

침을 삼키고 숫자를 세면서 심호흡을 한다.
병원으로 후송하면서 최면을 건다.
지금부터는 내가 보호자다.
정신을 차리고 냉정해져야 한다.

늦가을 짧은 해는 사위어가고,
집에 연락은 해야 하는데,
절박한 상황을 어찌해야 하나.
어금니를 꽉 깨물고 정신을 가다듬는다.

심호흡으로 목소리를 내어 본다.
"여보세요, 여보세요." 몇 번을 연습한 다음
태연하게 공중전화 부스에서 전화를 건다.

학력고사가 코앞에 닿은 고 3짜리 큰아들이 전화를 받는다.
아빠가 교통사고로 다리를 다쳐서 며칠 집에 못 간다고 간신히 말했다.

구급차에 옮겨 싣고 또 다른 병원으로 이동한다.
가까운 대학병원은 농성 중이라 진료를 보지 않는단다.
누렇게 뚱뚱 부어오른 얼굴의 괴물 같은 사람을 싣고
평택 박애병원에 닿았다.

모든 판단은 내가 해야 한다.
서울까지 가기에는 너무 급한 상황이다.

응급실 앞에서, 수술실 문 앞에서 기도처를 찾는다.
조상님을 찾았다가, 부처님을 찾았다가, 하느님을 찾았다가.
제발 살게만 해 달라고 기도한다.
절박한 마음에 지푸라기도 잡는다는 심정.
태어나서 처음으로 간절히 기도한다.

칠흑 같은 어둠 속에서 난 울지도, 울 수도 없이 혹독하게 자신에게 채찍질한다.
"정신 차려라."
"정신 차려라."
아이들이 있는 집으로 혼자서는 절대로 못 간다.

날이 희뿌옇게 밝아 오고 중환자실에서 미라처럼 누워 있는 정신없는 사람을 만났다.
머리와 얼굴은 하얀 붕대로 칭칭 동여매고 손발은 침대에 묶인 채 미동도 없이 누워 있었다.
끔찍하지만 살아 있다니 얼마나 다행한 일인가.
어려운 고비는 넘겼다 하니 고맙고 감사했다.

전생에 빚쟁이, 다음 생도 빚쟁이

30년 전쯤 현직에 있을 때였다.

선배 선생님께서 사주명리학 공부에 한창 재미를 붙이시고 열중하실 때다.

어느 날 동료 선생님이 오후 시간에 내 교실에 잠깐 들르셨다. 이런저런 이야기를 나누던 중에 본인의 사주를 그 선생님께서 봐 주셨는데 전생에 많은 빚을 졌더란다. 그래서 갚을 길이 아득하다고 걱정을 했다.

호기심이 나는 터라 내 것도 봐 오라고 생년월일을 주었다.

그런데 나는 더 많은 빚을 가진 빚쟁이라고 전해 들었다. 기분이 좋지는 않았다. 하지만 불교에서는 연기설을 중히 여기는지라 전생에 진 빚을 갚아가면서 이생에서는 되도록 빚을 덜 지고 살아야겠다는 생각을 했다. 그래서 다음 생이 있다면 그때는 가볍게 살 준비를 해야겠다고 마음먹었다.

그 후로 나는 생각지도 않은 일에 돈 쓸 일이나 마음 쓸 일이 생기면 전생에 진 빚을 조금이나마 갚는다는 생각으로 넘치지 않을 만큼 힘을 보태면서 아깝다는 생각보다는 홀가분하게 여겼다. 그런데 내가 갚아야 할 빚을 얼마간 갚기도 전에 우리 부부는 이생에서 엄청난 빚을 또 지게 되는 사건이 발생했다.

1992년 11월 15일,

남편은 교통사고를 당했고 그 사고로 인해서 우리 가족은 말할 수 없는 고통과 시련의 시간을 보내야 했다. 하지만 이미 닥친 일을 어찌하겠는가?

우리 가족은 서로 의지하면서 닥친 상황을 해결해야만 했다. 그때 아이들은 겨우 중 3, 고 3이니 대학 입시를 코앞에 둔 큰아이한테는 제대로 알리지도 못하고 막막하기 그지없었다. 그런 과정에서 가족과 주변의 많은 지인으로부터 큰 도움과 위로를 받았고, 그 덕에 우리 가족은 지금까지 희망과 용기를 잃지 않고 버틸 수 있었다.

양가 부모님께는 크나큰 걱정으로 씻을 수 없는 불효를 했고, 양가 형제들로부터는 물심양면으로 큰 도움을 받았다. 내 남동생은 중환자실 새벽 면회를 매일 나와 함께 해 주었고 병실로 온 후에는 부산에 사시는 시숙님께서 매주 토요일 동생의 병실을 지켜 주셨다. 남편의 동료들은 행정적인 일과 많은 정성으로 위로를 주셨고 고향 친구들이나 대학 동기들도 시간 날 때마다 찾아와서 남편의 잃어버린 기억을 찾는 데 도움을 주었다.

동료 선생님들께서도 많은 도움을 주셨다. 특히, 같은 학년 부장 선생님은 언니처럼 행정적인 처리 및 위로와 격려를 해 주셨고, 같은 학년 선생님들은 내가 자리를 비울 때 수업까지 도움을 주셨다. 출근도 못 하고 집에도 못 가고 병원에서 겨울을 보내야 하는 나에게 따뜻한 내의와 밑반찬을 준비해서 찾아 주신 선생님이 계신가

하면 그 전 학교에서 함께 근무했던 옛 동료는 대학입학 시험 날 자기 딸도 수험생인데 우리 큰아들을 시험장에 데려다주겠다는 전화를 주어서 힘든 나에게 따뜻함과 동시에 큰 감동을 주었다.

병중에도 친구의 사고 소식을 듣고 찾아와 중환자실 앞에서 친구의 생사를 걱정하고 회복하기를 소망하던 고향 친구는 먼저 유명을 달리해서 찾아가서 명복을 빌어 주지도 못하는 안타까운 일도 있었다. 감당하기 힘든 어려움이었지만 많은 분의 도움으로 남편은 출근을 하면서 건강을 회복하고 있었다.

그러던 중에 엎친 데 덮친 격으로 또 한 번 큰 빚을 지는 일이 생겼다. 이번에는 내 몸에 못된 암이란 병 덩어리가 비집고 들어와 있었다.

수술을 받고 12번의 항암치료로 일곱 달을 입원과 퇴원을 거듭하면서 지칠 대로 지쳐 있을 때 가족들은 말할 것도 없고, 주변의 여러 사람을 걱정시키고 귀찮게 했다.

13번의 입·퇴원을 할 때마다 병실을 지켜주고 수발을 해 준 막냇동생, 주말마다 손주들을 데리고 와서 분위기를 바꾸고 별식을 준비해 준 착하고 슬기로운 내 두 며느리, 귀찮아하지 않고 주말마다 나를 데리고 공원으로 산으로 같이 걸어 준 내 두 아들, 항암치료 때문에 입원했다 돌아오는 날 입속이 헐어서 물 삼키기도 힘들 때 콩나물김치죽 끓여 먹이겠다고 멸치육수 내어서 경비실에서 기다리던 친구, 입맛 나는 별식이나 어린 날 먹던 고향 음식을 정성껏 만들어 온 친구, 김장김치 담가서 남편 차로 싣고 온 친구, 추어탕을 끓여서 멀리까지 지하철 타고 가져다준 친구, 오곡밥에 갖은 나물해서 들고 온 친구, 입맛 없다고 손수 유부초밥 만들어서 보내준 고향 선배 언니, 가족 같은 고향 친구들이 입맛을 찾아주고 기운을 차리는 데 큰 도움이 되었다.

이렇듯 많은 분의 도움으로 힘든 시간을 인내하면서 여기까지 왔기에 가족, 친지, 친구, 옛 동료들께 늘 감사한 마음으로 여전히 빚쟁이로 살고 있다.

돌이켜 생각해 보면 지금까지 살면서 진 빚이 어찌 그것뿐이겠는가? 직장 다니느라 내 자식 엄마 손 빌려 키운 것도 빚이요, 생각 없이 내뱉은 말빚도 빚이요, 약속하고 지키지 못한 빚도 있을 것이고, 내가 해야 할 일을 다른 사람에게 미룬 빚도 있을 것이고, 또 나를 거쳐 간 많은 제자들에게 소홀히 했을 빚도 결코 한두 번이 아니었겠지.

사람에게 진 빚뿐만 아니라 자연을 마구 사용한 빚, 시간을 낭비한 빚, 때로는 나 자신에게 진 빚.

헤아릴 수 없는 빚 때문에 나는 어쩔 수 없이 다음 생에도 빚쟁이다.

살면서 힘이 들 때

젊은 날, 아직 30대 초반이었다. 대구에 사시는 큰댁에 제사가 있어서 갔었다. 책꽂이에 있는 여러 권의 책 중에서 한 권의 책이 눈에 들어왔다. 이시형 박사님의 『배짱으로 삽시다』였다.

맡겨진 일은 큰 실수 없이 하는 편이었지만 자신감이 부족하고 남의 일에 그다지 관심도 없으면서 처음 만나는 일에 겁을 내고 미리 걱정하는 소심하고 내성적인 성격이었다. 좋게 말하면 꼼꼼하고 조심성이 많다고 할 수 있고, 나쁘게 말하면 적극성이 부족하다고 할 수 있는 그런 성격 때문에 직장에서 새 학년이 되거나 학교 이동이 있을 때는 적응하기가 힘이 들어서 자신에게 늘 불만이 있었다.

그런데 이 책을 보는 순간 뭔가 도움을 받을 것 같은 끌림이 있기에 돌아와서 책을 사 읽게 되었다. 정신과 전문의인 박사님의 글은 나 자신의 생활뿐 아니라 내가 맡은 아이들을 지도할 때, 또 부모님들과 상담을 할 때, 내 자식을 키우는 데도 많은 도움이 되었다.

직장 다니랴 아이들 키우랴 정신없이 20대, 30대가 지나고 40대 초반이었다. 아직은 아이들 입시 문제로 씨름을 할 즈음의 어느 날 갑자기 남편이 교통사고로 뇌수술을 받게 되었다. 우리 가족은 어둡고 답답한 터널 속에 갇히게 되었다. 처음에는 살려야만 한다는 절박한 심정으로 벽을 지고 있어도 살아만 달라고 간절히 빌었었다.

옛말에 '긴병에 효자 없다'는 말처럼 시간이 흐를수록 어려움은 점점 쌓여만 갔고 안간힘을 쓰면서 지내는 하루하루는 지옥이 따로 없었다. 예상치 못한 상황들이 벌어질 때마다 앞이 깜깜하고 죽을 것 같은 심정으로 발을 동동 구르며 가슴이 옥죄이는 일이 반복되었다. 그럴 때면 잠깐씩이지만 나쁜 생각을 여러 번 해 보기도 했었다. 스스로 위기감을 느끼면서 나를 바로 잡아야겠다는 절박한 심정으로 봉은사 불교대학에 접수했다. 퇴근 후, 저녁 시간에 공부한답시고 가기는 했지만, 부처님 법은 어렵게만 느껴졌고 꾸벅꾸벅 졸면서 모기만 쫓다가 오고는 했다.

별반 도움이 안 되고 시끄러운 마음을 다스리지 못해 어찌할 줄을 몰라 헤맬 때 동네서점에 갔다가 의학서적 코너가 눈에 들어왔다. 거기에서 정신건강의학 전문의가 환자들과의 상담 내용을 정리해서 출판한 『30년만의 휴식』(이무석 저)이라는 책을 만날 수가 있었다. 나는 그 책을 샀다. 병원 가기 전에 이 책에서 도움을 받아보자는 비장한 각오였다. 나는 그 책을 펴고 도움이 되어 달라고 의식을 행하듯 주술을 외듯 기도했다. 정신과 전문의와 마주 앉아서 상담을 한다는 자세로 아주 차근차근하게 약을 씹어 먹듯이 줄을 그어가며 정독을 했다. 책 속으로 들어가서 선생님의 환자가 되어서 상담을 시작했다. 내 속에 있는 내면의 아이를 찾으라고 말했다. 그런 다음 그를 이해하고, 그로부터 해방이 되는 것이 자아를 회복하는 길이라고 사례를 통해서 알려주었다. 신기하게도 견디기 힘들었던 우울증이 차츰 해소되는 계기가 됐다.

50대 초반, 몸도 마음도 지쳐 있는 상태에서 가르친다는 직업이 너무나도 버거울 때가 있었다. 할 일은 많고 성격상 대충이란 건 허락이 안 되고 거기에다 직업병인가 기침이 심하게 나면서 가슴이 그르렁거리고 밤에 잠들기가 힘들 즈음 천식이라는 진단을 받았다.

마침 교육부에서 IMF 외환위기 영향으로 명예퇴직 자격 연령이 없어지고 경력 20년이 된 교사라면 누구든지 명예퇴직이 가능하다는 공문이 왔다. 나라에서는 재정적으로 호봉이 높은 교사들을 퇴직시키고 초임 교사들을 임명하는 그런 시기였다. 나는 덜컥 신청했고 시원섭섭하게도 교직의 틀을 마감하게 되었다. 퇴직 후 첫해는 퇴직 동료들과 함께할 일이 많았다. 그동안 못 다닌 것에 대한 보상이라도 받듯이 등산과 여행에 많은 시간을 보냈었다.

겉보기는 아무런 일도 없는 척했지만 늘 마음 구석에는 갈등이 떠나지를 않았다. 남편이 술을 마시고 어처구니없는 억지를 부릴 때나 마음이 힘들어질 때마다 미움과 원망과 분노가 켜켜이 쌓여만 가더니 끝내는 못된 병만 움켜쥐는 상황을 맞았다. 그로 인해 나는 얼마간 죽을 것 같이 힘든 시간을 보내게 됐다. 당면한 상황이 너무도 싫었고 산다는 것에 의미가 없었다.

하지만 또다시 일어서야 한다는 생각으로 다시 부처님 법을 이해하기 위해 법정 스님의 책을 찾아 읽기 시작했다. 경전보다는 훨씬 재미있게 부처님 법을 들여다볼 수가 있었다. 명쾌하지는 않았지만 어렴풋이 밝은 빛이 보이기 시작했다. 위안을 얻었다. 자신을 들여다보는 여유를 가질 수 있었다. 감히 부처님 법을 안다고 말할 수는 없다. 하지만 자존감을 회복하고 방황하던 마음을 붙잡는 데 큰 힘이 됐다.

살면서 어찌 좋은 일만 있겠는가? 힘이 들고 어려울 때가 더 많다고 느끼면서 살고 있다, 하지만 죽으란 법은 없더라. '하늘이 무너져도 솟아 날 구멍이 있다'라는 속담처럼 도움을 받을 수 있는 가족, 친구, 친지, 책, 종교 등이 있다는 건 크나큰 행운이라 여겨지고 그 행운을 잡는 것이 지혜요 슬기라 생각한다.

북한산 문수사

귓불을 때리는 겨울바람을 마주하면서
북한산 대남 문을 향해 오른다.
가혹한 업의 무게를 어깨에 짊어지고
쉽지 않은 오르막길을 헉헉대며 오른다.
고개 들어 앞을 보니 대남 문이 저기쯤에.
저 문을 지나서는 어디로 가야 할지?

가던 길을 비켜서 왼쪽 좁은 길로
문수보살 3대 성지 문수사 가는 길.
마음의 짐 벗고 싶어 오른 산인데
문수사 가는 길로 걸음을 옮긴다.

관음재일 떡 공양을 손에다 받아든 채
대웅전 석가모니 전에 무릎 꿇고 엎드린다.
헤어지고 뒤집어진 뒤죽박죽 이 마음을
부처님 앞에 벌려 놓고 북받치는 서러움에 눈물 공양 올린다.

동굴 속 문수보살 전에 작은 정성 밝히고
헝클어진 실타래를 투정으로 풀면서
두터운 내 업장
부족한 이내 정성
모두가 내 탓이라
비켜 가지 못할 시련이라면
헤쳐 나갈 힘과 용기라도 주셔야지요.
한바탕 떼를 쓰고 고개 들어 쳐다보니
조용히 웃으시며
내려 보신다.

= 1999년 추운 겨울 =

어머니의 기도

사방은 어둡고 깜깜했다.

텅 빈 골목길을 찬바람이 쓸고 지나간다. 삽짝(사립문)이 바람에 살며시 열리면서 작고 하얀 물체가 내 앞에 나타났다. 바람에 날리는 건지 굴러가는 건지 알 수 없는 작은 물체는 바람에 날리면서 빨리 움직이고 있었다.

냉기 서린 골목길은 어두웠다. 나는 무서움과 호기심으로 잔뜩 긴장한 채 그 뒤를 쫓아갔다. 땀이 날 만큼 부지런히 쫓아갔지만 일정한 간격을 따라잡을 수가 없었다. 안타까운 마음에 하늘을 올려다보니 하늘에는 어찌나 많은 별이 반짝이고 있던지……. 그 순간에도 겨울밤 하늘에 반짝이는 별들의 아름다움에 잠시 넋을 놓았다.

또다시 물체가 움직였고 나는 부지런히 따라갔다. 얼마나 갔을까? 얼음이 얼어서 반짝거리는 낭떠러지 벼랑을 흰 물체가 기어 올라가고 있었다. 그때서야 바짝 다가서며 그 물체가 사람임을 알았고 난 그 작은 사람이 떨어질까 봐 손바닥으로 조심스레 발을 받치면서 따라 올라갔다. 미끄러지고 또 미끄러지기를 반복하면서 가슴이 조마조마하고 아슬아슬한 순간이었다. 간신히 뒤따라 벼랑에 오른 나는 사라진 작은 물체(사람)를 찾았다. 암자 작은 문틈으로 가느다란 불빛이 새어 나오고 불빛 따라 문을 열고 들어가는 모습에서 난 안도의 숨을 쉬었다. 나도 모르게 문 앞으로 다가섰다. 문틈에 바싹 얼굴을 대고 법당 안을 살폈다. 조그만 불상 앞에 선 백의의 작은 여인은 쉼 없이 절을 하고 있었다. 나도 모르게 법당문 안으로 빨려 들어갔다. 불상 앞으로 다가간 나는 그때서야 내 어머니임을 알아보았다. 놀랍고도 반가웠다.

주변의 웅성거림이 들리고 내 움직임을 반가워하는 말소리가 들려왔다. 눈을 떠 보니 나는 병실에 와 있고 가족들이 근심스럽게 들여다보고 있었다. 각자 본인들이 부르는 호칭으로 반가워한다. 아침 여덟 시에 수술실에 들어가서 네 시에 나왔단다. 나는 다시 눈을 감았다.

작은 체격에 지푸라기처럼 바람에 날리던 가벼운 내 어머니의 기도하는 모습이 뇌리에 박혔다. 엄마는 기도로 날 깨우셨다. 그리고 기도로 나에게 빛을 보여주셨다. 힘을 주셨다. 언제나 어머니는 기도로 보여주신다.

가족들은 연로하신 어머니에게는 거짓말을 했지만 눈치 빠른 어머니는 이 못난 딸에게 무슨 일이 있음을 알아차리셨고 아침부터 자리를 뜨지 않으시고 죽을힘을 다해 기도하셨다 했다. 하루도 빠짐없이 불교방송 사시 기도에 동참하시는 어머니의 모습에서 나는 바위보다 단단한 어머니의 믿음을 보곤 했었다.

어머니께서는 지난 세월에도 지금 이 시각에도 또 앞으로도 이 못난 자식들을 위해 기도할 것이다. 마치 그것이 어머니의 일상인 것처럼.

= 2009년 1월 =

올레 트레킹 6일

동생과 함께 제주행 비행기를 탔다. 항암 치료가 끝나고 8개월이 지났나 보다. 지금의 내 체력과 인내심을 시험해보기도 할 겸 제부의 권유로 기회를 만들었다.

6일간의 제주 올레 트레킹을 계획했다. 약 120㎞(300리) 이상을, 하루에 20㎞(50리)씩 씩씩하게 걷고 왔다. 제주의 신비롭고도 아름다운 풍광에 열광하면서, 풋풋하고 싱그러움을 만끽하면서, 비 오는 날은 비를 맞고, 바람 부는 날은 바람을 마주하면서 오직 걷기만 했다. 아무 생각 없이 그저 보이는 것만 보고, 들리는 것만 들으면서 걷다가 배고프면 동생이 준비한 김밥으로 요기하고 목마르면 물 한 모금 마시면서 아침에 계획한 목표지점까지 열심히 걸었다.

포구 어귀 솟대에서 시작한 길을 보물찾기 하듯 작은 화살표를 따라 이동하다 보면 갈매기가 반겨 주고 이름 모를 작은 풀꽃들이 잘 왔다고 발밑에서 앙증맞게 쳐다보며 웃어주었다. 하얗게 부서지는 파도를 뒤로하고 들길로 들어서면 낮은 돌담 너머 유채꽃이 환한 웃음을 건네는가 하면 동네 어귀에서는 어김없이 개들이 아는 척을 하고, 동네 어르신들은 그냥 지나치는 일 없이 “어디서 왔느냐?" "잘 다녀가라"며 잘 알아듣지 못하는 제주 방언으로 길 안내를 해 주신다. 지나가는 사람 불러 세우더니 햇볕 잘 드는 쪽에 달린 청견이란 노란 열매를 따 주시는가 하면, 올해는 무 농사가 풍년이라고 길 가는 사람을 소리소리 질러서 무밭에 불러 세워 무 깎아 주시는 순박한 제주 인심에 반하고 돌아왔다. 해변의 바다 냄새도, 난대림의 싱그러움도, 벚꽃과 유채꽃의 호들갑스러운 봄맞이 이벤트도, 돌담 사이 돌아 나가는 한적하고 정다운 마을 안길도 두고 오기에 너무나도 아쉬웠다.

법정 스님 글에서 '명상은 무엇을 생각하려는 것이 아니라 아무 생각도 마음속에 일으키지 않는 것'이라고, '마음을 비우는 공부'라고 한 것이 떠올랐다. 발밑에 느껴지는 돌의 느낌, 해변의 부드러운 모래밭, 들길에 펼쳐진 녹색의 폭신한 풀 위를 걸을 때는 그 느낌에 빠져들고, 느낄 수 있음에 나는 감사하고 또 감사했다.

비 오는 날은 앞만 보면서 걷는 것도 참 좋았다. 우산은 펼치는 동시에 뒤집어져서 아예 포기했지만 1,000원짜리 얇은 비옷 위에 떨어지는 빗방울 소리는 어느 악기도 흉내 낼 수 없는 아름다운 자연의 소리였다. 옷 젖을까 신에 물 들어갈까 그런 걱정 없이 마음껏 철벅거리면서 들길을 걸을 때는 개구쟁이 철부지의 물장난인 양 첨벙대는 자유가 즐거웠다. 아무런 속박도 체면도 걸치레도 필요치 않았다. 부러울 것이 없었다. 나는 짧은 시간이나마 자유인이었다. 편안했다. 마음속 묵은 찌꺼기가 훌훌 날아가는 순간이었다. 동생이 들고 온 법정 스님의 『말과 침묵』이 이번 여행을 더욱 살찌게 했다.

떠나오기 싫다는 마음을 그곳에 두고 돌아왔다. 못다 한 코스를 다음 기회에 또 걷자고 동생과 약속하고서.

= 2010년 봄날 =

긴장 또 초조

으슬으슬 추운 기운이 뼛속까지 파고든다. 시간은 어느새 연말이 되었다. 하긴 수술 후 항암치료에 정기 검사에 힘이 들 때면 빨리빨리 세월이나 가시라고 늘 주문을 걸고 살았다.

어제저녁 7시 이후부터 금식이다. 위세척 약을 먹고 밤새 한숨 자지 못한 채 화장실을 들락거리는 고행을 겪었다. 검사가 있는 날이면 언제나 며칠 전부터 예민해지는 탓에 바짝 신경이 곤두서고 심사가 불편해진다. 아침 일찍 병원에 도착해서 채혈을 하고 내시경실로 갔다. 5년 동안 몇 번인지 수도 없이 하는 검사지만 할 때마다 불안하고 한심하고 서글픈 것은 점점 더해만 간다.

동생이 온다고 했는데……. 늘 먼저 와서 기다리던 동생인데, 오늘은 내가 먼저 도착했다. 아마도 차가 밀리나 보다.

내시경이 끝나고 정신이 돌아오고 보니 동생이 와 있었다. 암이라는 진단을 받은 날부터 수없이 드나드는 병원을 늘 막냇동생이 함께했다. 동생과 함께 CT 촬영실로, CT 촬영이 끝나고 또 PET CT 촬영실로, 아침 9시에 시작된 검사가 오후 3시가 지나서야 끝이 났다.

옷을 갈아입고 검사실을 나서는데 한기가 들고 배도 고프니 서글픈 생각이 들었다. 이러고도 살아야 하나? 가슴이 먹먹하더니 눈물이 왈칵 솟구친다. 얼른 돌아서서 딴전을 피우며 태연한 척 앞장서서 바쁘게 검사실을 빠져나왔다. 동생이 누룽지를 곱게 눌려서 끓여왔기에 요기를 하고 동생과 함께 집으로 왔다.

수도 없이 해 온 검사다.

늘 태연한 척하지만 긴장은 극에 달한다. 이런 날은 세상만사가 귀찮고 노곤하기에 일찍 자리에 누워 보지만 잠은 쉽게 오지 않는다. 이리저리 뒤척이다가 벌떡 일어나서 이 방 왔다, 저 방 갔다 해 보지만 별 뾰족한 수가 없다. 책상 정리에 서랍 정리를 해 본다. 마치 흐트러진 내 마음의 서랍을 정리라도 하듯이 말이다.

검사는 검사대로 힘들고 지치지만 더 힘든 건 기다리는 시간이다. 검사일로부터 일주일이 얼마나 지루하고 긴 시간인지 겪어보지 않은 사람은 짐작할 수 없을 거다. 하지만 내가 할 수 있는 일은 지금까지 그래 왔듯이 기다리는 수밖에……. 이제 일주일 후에 받을 그동안의 종합성적표를 기다려야 한다.

반드시 기쁨이 있기를 기대하면서.

= 2013년 12월 20일 =

투병 종합성적표

날씨 탓인지 기분 탓인지 며칠 전부터 지근대고 뻐근하던 몸이 결국에는 몸살을 앓더니, 오늘은 불안감 때문인지 머리까지 지끈지끈 아파서 고개를 쳐들기도 힘이 든다.

남의 속도 못 헤아리는 눈치 없는 남편은 야속하게도 아침부터 안 해도 될 잔소리에 도움도 되지 않을 부엌살림 간섭까지 한다. 이런 날 설거지라도 해 주면 적선에 보시까지 하는 건데. 사고 이후로 아무 생각 없이 자기 앞만 보는 사람이라 그러려니 하지만 오늘은 걸려서 그냥 넘어가지 못하고 시끄럽다고 냅다 쏘아붙이고는 설거지를 끝냈다.

수술한 지 만 5년(60개월)이다.

그동안의 투병 생활이 어떤 성적표를 받게 될지? 긴장된 마음으로 서둘러 병원으로 갔다. 예약 시간은 10시 30분, 주치의 선생님 방 앞에서 기다린다. 언제나 그랬듯이 방 앞에서 기다리는 동안 수많은 생각이 뇌리를 스쳐 간다. 그런데 오늘은 조금 달랐다.

머리는 텅 비어 있고 가슴이 두근두근 쿵쾅거리고 얼굴은 화끈거리면서 안절부절못한다. 소파에서 벌떡 일어나서 천천히 병원 복도를 한 바퀴 걸으면서 심호흡을 한다. 드디어 진료실 스크린에

변○영이라고 떴다. 간호사 선생님이 문을 열고 "변혜영 님" 하는 소리가 모깃소리처럼 들린다. "예" 하면서 일어서는데 다리가 휘청한다. 간호사 선생님의 도움을 받아 진료실에 들어섰다. 주치의 선생님을 쳐다본다.

"변혜영 씨 거기에 앉으세요." 잠깐 시간이 흐른다. 입술이 바싹 마르고 심장 뛰는 소리가 귀에 들리면서 불안함이 더해진다. "검사 결과가 괜찮습니다. 깨끗하네요. 이제는 나를 자주 볼 일이 없습니다. 5년이 지났습니다. 그동안 고생했고요. 완치되었습니다. 지금부터는 3년 후에 오시면 됩니다." 감사하다는 인사를 거듭하면서 쏟아지는 눈물을 가눌 수가 없었다. 간호사 선생님이 화장지를 주시고 등을 토닥이면서 대기실 소파에까지 데려다주셨다. 설움인지 기쁨인지 알 수 없는 눈물을 주체할 수가 없기에 화장실로 갔다. 문을 닫아걸고 훌쩍거리면서 실컷 울었다.

암이라는 판정을 받았을 때 나는 의외로 냉정하고 담담했다. 당황하거나 슬프지도 않았다. 고칠 수 있으면 의사가 고쳐 줄 테고 아니면 여기까지라는 생각을 했었다. 솔직히 난 그동안 너무 지쳐 있었고, 아이들도 다 짝을 지웠으니 내 할 일은 다 했다는 홀가분한 마음까지 있었다. 미련이나 안타까움도 없었다. 검사하고 수술하고 12번의 항암 치료를 받으면서 포기하고 싶도록 힘이 들 때도 나는 울지 않았다. 아니 참았다. 무엇보다 약해지는 자신에게 화가 났고 자존감도 상실되고 있었기에……. 또한 운다고 달라질 건 아무것도 없다고 생각하니 오히려 무섭도록 차분해지는 것을 경험했다.

살아계신 어머니께 막심한 불효로 죄인이라는 생각에 우는 것조차도 나에게 허락하면 안 된다고 자신을 닦달했었다. 그뿐이겠는가? 자식들을 가슴 아프게 하는 것은 내가 아픈 것보다 훨씬 더 힘든 일이었기에 나는 눈물로 내 에너지를 소모해서는 안 된다고 다짐해 왔다.

그런데 오늘 쏟아진 눈물은 무엇 때문일까? 실컷 울고 아들에게 전화를 했다. 그리고 오빠, 막냇동생에게 전화했다. 전화기 너머 아들, 오빠와 동생은 말을 잇지 못하고 울먹거린다. 그동안 모두들 나 못지않게 애간장이 녹는 시간을 보냈으니 오죽했을까.

그러고는 나에게 조용히 말을 걸었다.

"변혜영, 너 정말 장하다. 그동안 수고했어. 이제는 병도 다 나았다니 새로 얻은 시간 잘 살아 보자"라고 토닥이고 위로하면서 가슴을 쓸어내렸다.

그렇다. 천천히 잘 사는 방법을 생각해 보자.
그리고 정말 부끄럽지 않게 잘 살아 보자.
숙제 하나 품고서 병원을 나섰다.
우등생 성적표를 받아 들고서 가벼운 걸음으로 집을 향했다.

= 2013년 12월 27일 =

법정 스님의 글을 읽고

내 소망은 단순하게 사는 것이다.
그리고 평범하게 사는 것이다.
느낌과 의지대로 자연스럽게 사는 것이다.
그 누구도 내 삶을 대신 살아줄 수 없기 때문이다.

– 법정 스님의 『오두막 편지』 중에서

힘들게 투병할 때 읽었던 책을 다시 찾아 읽었다. 법정 스님의 『오두막 편지』를 읽으면서 나는 다짐했었다. 내 생각대로 거침없이 살아야겠다고. 복잡한 건 다 걷어치우고 단순하게 살아야겠다고.

항암제로 몸도 마음도 지쳐 있는 나에게는 한 줄기 강한 빛과 같은 글이었다. 병이 완치되면, 아니 이 글을 읽는 순간부터 나는 느낌과 의지대로 살겠다고 스스로에게 선언했다. 먼저 사는 방법을 바꾸겠다고 다짐했었다.

하지만 관계를 이루고 사는 생활 속에서는 내가 마음먹은 대로 산다는 것이 참으로 어렵다는 걸 매번 경험한다. 그리고 그 소망은 번번이 실패를 거듭한다. 내 소망이기도 하고 다짐이기도 한 단순하게 살기는 그래도 포기할 수 없다.

타인의 언행에 '왜?'라고 묻지 말자.

남을 의식하지 말고 당당하게 행동하자.

자존감을 가지자.

복잡 미묘한 생각과 계산을 하지 말자.

과거는 붙잡지 말고 깨끗하게 보내자.

닥치지도 않은 일을 걱정하지 말자.

상대방의 속마음을 내 맘대로 속단하지 말자.

우리는 모두 다르다는 걸 인정하자.

흐르는 물처럼 순리대로 살고 싶다.

내 마음 닦음이 턱없이 부족할지라도, 그것이 아주 짧은 순간일지라도. 그렇게 살아보자고 순간순간 다짐한다.

자신을 괴롭히고 척박하게 하는 그런 이롭지 못한 감정들에 머무르지 말자고 다짐한다.

기대나 욕심을 줄이자. 그리고 하루하루를 헛되지 않게 살아야겠다.

오늘 또 실패하고 돌아서 후회할지라도 단순하게 살기를 소원하고 기도한다.

오늘 종일

아침저녁 제법 차가운 바람이 정신을 번쩍 들게 하는 계절이다. 모처럼 환절기에 감기도 예방할 겸 보양식을 준비하기로 했다. 삼계탕은 여름 보양식이라지만 '언제 먹으면 어떻겠어?' 하면서 내 형편에 조금 과하게(?) 전복까지 준비했다. 찹쌀을 불리고 마늘과 대추도 준비하고 냉동실에서 잘 썰어서 말려 둔 백삼을 꺼낼 때는 얌전히도 준비해 두었다며 대견하다고 자찬까지 했다.

냄새도 맡아보고 씹어도 보면서 인삼이 틀림없다고 확인까지 한 다음에 모든 재료를 준비해둔 닭 배 속에 채워 넣고 봉합한 다음 불을 댕겼다. 얼마간의 시간이 지나면서 보글보글 끓고 있는데 왠지 이상하다는 느낌이 들었다. 코를 킁킁거리며 가까이 가도 인삼 냄새가 나지 않는다. 뚜껑을 열었더니 이게 무슨 일인가? 생강 냄새가 확 달려드는데 띵하니 뒤통수를 한 대 얻어맞은 듯 넘어갈 뻔했다.

눈으로 확인하고 맛까지 보았건만 이게 무슨 조화란 말인가? '미쳤지 미쳤어, 어찌 이런 일이!' 혼잣말로 구시렁거리면서 맛을 보니 버리지는 않아도 될 것 같았다. 난생처음 삼계탕이 아닌 생강 백숙을 먹게 되었다. 아마도 올겨울은 매운 생강 맛이 무서워서 감기가 얼씬도 못 하리라.

그런데 황당한 위기의 사건이 오후에 또 한 번 찾아왔다.

이번에는 손녀가 유치원에서 올 시간에 손녀를 마중하러 아들 집에 갔다. 아파트 현관 출입문 번호가 도무지 생각나지 않는 것이다. 가슴이 벌렁거리고 얼굴이 화끈거리며 난감했지만 아들이나 며느리에게 전화해서 물어보고 싶지는 않았다. 할 수 없이 다른 사람이 나오도록 기다려야 했는데 다행히도 생각이 나기는 했다.

그럭저럭 해결하고 넘기기는 했지만 한심했다. 울적한 마음이 해 넘어가고 어둠이 깔리듯 마음속에 넓게 퍼지고 있었다.

몸살도 병

무심히 보아 넘기던 것이
어느 날은 느닷없이 눈에 티가 되더니
가시 되어 목구멍을 넘나들다가
드디어 화살 되어 밖으로 날아간다.
언덕이 있으면 비벼야 되는데
마땅한 언덕 없어 속에서 불 지핀다.
화염은 밖으로 솟구치면서
열병에 온몸이 식은땀에 젖는다.
한 차례 열이 나고
한숨 자면 괜찮겠지.

웬걸.
사지가 나른하고 매 맞은 듯 아프니
그제야
몸도 마음도 힘이 들었구나.
그래, 몸살이 났네.
병원 신세 지고서도 사나흘
뒤척이다 겨우 외출한다.

세월 앞에 장사 없다더니
계절마다 어깨동무 함께 하자 하네.
몸살도 병인걸.

= 2018년 6월 =

가을바람에 그리움이

제법 서늘한 아침이다.

휴대폰으로 오늘 서울의 기온을 검색하니 최고기온 23℃, 최저 기온 13℃다.

입었던 반팔 셔츠를 벗어 던지고 긴팔 셔츠로 바꿔 입고 배낭을 메고 집을 나섰다.

파란 하늘이 참 예쁘다.

맑고 고운 하늘이 보내온 바람은 부드럽고 상쾌하다. 며칠 전 듬성듬성 꽃대를 뽑아 보이던 꽃무릇이 오늘은 줄을 지어 활짝 반긴다. 고목나무 아래 그늘진 곳에 핀 주황색 꽃이 참으로 곱고도 예쁘다. 잎과 꽃이 만나지 못한다고 해서 얻어진 이름으로 상사화 또는 이별 꽃이라고도 한다는 애틋한 꽃을 바라보면서 왜 하필이면 이 고운 꽃은 저토록 하늘이 파란 가을에 꽃을 피울까 하고 잠깐 생각에 잠긴다. 꽃말을 찾아보니 꽃 이름에서 짐작이 되듯이 '도저히 이룰 수 없는 사랑'이라니 더욱 애틋하다.

전설에 의하면 돌아가신 아버지의 극락왕생을 위하여 100일 동안 절에서 탑돌이를 하며 기도하던 처녀가 있었다. 그 처녀에게 반한 수발 승이 기도를 마치고 집으로 돌아간 처녀에게 사랑한다는 말도 한마디 못 해보고 그리움에 끙끙 속만 끓이다가 마침내 상사병으로 생을 마친 이야기가 전해 온다. 이듬해 수발 승의 무덤 위에 핀 꽃이 상사화란다. 사랑한다 말도 못 해보고, 아무도 모르게 얼마나 애가 타도록 속을 끓였기에 겨울에도 봄에도 푸르렀던 잎이 흔적도 없이 사라지더니 더위가 사위어 갈 무렵 어느 날 갑자기 쭉 뻗은 꽃대 위에 고운 자태로 앉았을까? 사무치도록 간절한 그리움 때문에 저토록 고운 빛깔로 지나가는 발길들을 잡는 것일까?

가을과 함께 온 서늘한 바람은 가슴 한편에 접어 두었던 그리움을 꼬드기는 재주가 있는가 보다. 아직 단풍 들고 낙엽이 지기까지는 시간이 남았는데 마음 한구석에서 휑하니 불어오는 냉기는 무엇일까? 시간은 아랑곳하지 않고 흘러가고 흐르는 시간 속에 묻혀서 희미해지는가 싶던 얼굴들은 계절의 변화에 민감하게 반응해 온다. 이 계절에 떠나서 다시 보지 못하는 그리운 내 혈육들을 나직이 불러 본다. 그리고 보고 싶다는 말을 입안에 가두고 만다.

이제는 맞이할 인연보다는 보내야 할 인연이 많다는 걸 나는 안다. 나 또한 떠난다는 확실한 사실을 직시한다. 서글프기도 하지만 한편으로는 마음이 바빠진다.

가을바람이 싣고 온 그리운 얼굴은 마음껏 그리워하면서 그리움으로 남겨 두자. 곱게 접어서 가슴 한편에 간직하자. 그리고 만날 수 있는 그리움을 찾아 나서자.

지금 이 순간 할 수 있는 일에 충실하자.

만날 수 있을 때 만나고, 보듬고, 이야기하고,
이해하고, 사랑하고, 함께 먹고, 즐겁게 웃고 또 웃자.
후회는 줄일수록 좋은 거니까.

= 9월 어느 날 =

수락산을 다녀왔어요

마음의 상처도 신체의 건강도

나 스스로 떨쳐야 한다는 절박한 심정으로 산을 오릅니다.

친구랑 수락산엘 올랐지요.

저번 주보다는 조금 먼 곳까지 쉬지 않고 꾸준히 간다는 목표를 세우고 산길을 갑니다.

아직은 알싸한 바람에 얼얼한 귓불을 모자로 가리고…….

밤새 내린 봄비는 진달래랑 산수유를 활짝 피워 놓았고,

겨우내 인고의 세월을 지낸 나목들은 뾰족뾰족 잎을 밀어내고 있더군요.

내미는 잎의 뾰족함에서 삶을 시작하는 강한 희망을 봅니다.

점심때가 되었건 아니건 도착지에만 도착하면 먹을 차비에 바쁩니다.

친구가 준비해 온 오곡밥에 김치 머리 툭 잘라서 척 걸쳐 먹으니 눈이 딱 떨어집니다.

항암제에 전 혓바닥은 모처럼 음식을 반기니 배가 벌떡 일어나도록 맛있게 먹었네요.

청산회 언니들,
저 잘하고 있습니다.
언니들이 힘내라고 보내주신 전복이랑 토마토랑 고기 먹고
힘내서 등산도 하고, 운동장도 열심히 걷습니다.
살기 위해 죽을힘을 다합니다.
운동량도 조금씩 늘려가면서 힘! 힘을 만들어가고 있습니다.
조금씩 건강해지고 있습니다.
감사합니다.

= 2009년 3월 =

가족은 힘이다

가족은 힘이다

신록을 바라보면
내가 살아 있다는 것이
참으로 즐겁다.
내 나이 세어 무엇 하리
나는 지금 오월 속에 있다.
– 피천득 님 「오월」 중에서

참 좋은 계절이다.
볕은 곱고 바람은 달다.
피천득 님의 시처럼 나이는 세어서 무엇 하리.
나는 지금 이렇게 살아 있는걸.

1951년 음력 4월 춘궁기 보릿고개에 태어나서 집에서 세는 나이 70이 되도록 살아남았으니 장하지 않은가?

어린 날은 살림살이가 넉넉했던 할아버지 덕분에 고래 등 같은 기와집(현재 경북 문화재 자료 337호)에서 부족함을 모르고 자랐다. 친구들이 보자기에 책을 싸서 어깨에 혹은 허리에 묶고 다닐 때 나는 가죽 가방을 메고 다녔다. 그 당시 대부분의 사람이 힘들어

했던 보릿고개도 몰랐던 셈이다.

고등학교 2, 3학년 때 경제적으로 힘든 시기가 있기는 했지만 내 성장 과정은 가족들로부터 사랑을 받았고, 가족들의 관심과 기대 속에서 자랐다고 기억된다. 나는 부모님에게 착한 자식이고 싶었고 그런대로 말 잘 듣는 딸이었다. 그런데 딱 한 번 결혼을 하겠다고 처음으로 부모님을 거역하고 속을 끓이게 하는 불효를 저질렀다.

아무것도 가진 것이 없는 상태에서 겁도 없이 결혼했다. 속된 말로 맨땅에 헤딩을 한 거다. 맞벌이라는 한 가지 무기만 믿고서.

우리 둘은 10만 원씩 똑같이 내어서 20만 원 전세에서 시작했다. 3년 만에 방 세 칸에 마루가 있는 직장 조합주택을 지었다. 물론 주택융자를 얻기는 했지만 호화주택 부럽지 않았다. 그리고 또 3년 후, 입식 부엌에 더운물이 나오는 욕실을 갖춘 더 넓은 집을 지어서 다시 이사를 했다. 때맞춰서 꽃이 피고 열매가 열리는 텃밭과 잔디가 깔린 정원을 가꾸면서 열심히 살았다. 미래의 더 나은 삶을 위해서 힘 드는 줄도 모르고 아껴 쓰고 저축했다. 두 아들도 착하고 모범적인 학교생활을 했고 소도시 영주에서 안정된 생활을 하게 됐다.

1986년 남편이 환경부로 직장을 옮기고 서울로 이사를 하면서 우리는 주말 부부가 되었고, 일 년 후 1987년 3월 2일 나도 서울로 발령을 받아 서울 생활이 시작되었다. 이제 겨우 서울 생활에 적응이 될 무렵, 내 생에 가장 무섭고, 가장 힘든 일에 부딪히게 되었다. 1992년 11월 남편이 생사를 넘나드는 교통사고로 뇌수술을 하게 되었고, 그때부터 모든 생활은 밸런스가 깨지고 엉망이 되기 시작했다. 생각조차도 하기 싫은 그때의 상황을 돌이켜보면 지금도 아득하고 어둠 속에 갇힌 듯하다. 그때의 막막함은 어떤 말로도 표현을 할 수가 없다.

그 힘든 상황에서도 두 아들은 대학생이 되고 반듯한 가치관을 지닌 성실한 청년으로 성장했다. 내 생에 가장 큰 수확이자 보람이다. 큰아들은 흔한 유학은 꿈도 못 꿔 보고 국내에서 학위를 취득한 다음 국비로 영국 케임브리지대학에서 박사 후 과정을 마친 후 서울에 있는 대학의 교수가 됐고, 작은아들은 하고 싶은 일을 하겠다고 대기업에 입사해 직장을 다니면서 석사학위도 받고 지금은 부장이라는 직책을 맡아 열심히 일하고 있다.

10년이 넘게 교통사고의 후유증을 함께 보고 겪으면서 나는 정신적으로 몹시 피폐하고 체력도 고갈돼 버티기조차 너무 힘들고 절박했다. 하루하루가 견디기 힘들 그 무렵(2003년 10월)에 다행스럽게도 새 식구 큰며느리가 들어오고 그 이듬해에 손자 영국이가 태어나는 기쁨을 안았다. 손자는 나에게 부처님이었다. 손자는 희망이었고 사랑이었다. 3년 후 둘째인 예쁜 손녀 황금이가 태어났다. 2008년 6월 둘째 며느리가 가족의 울타리에 들어오면서 진형이와 현주가 태어났다. 그렇게 어느새 우리 가족은 모두 열 명이 되었다. 가족이 한 명씩 늘 때마다 신기하게도 내 안에서 기쁨과 희망이 몽실몽실 커지고 있었다. 내 소중한 복덩이들(손주들)이 우울하고 어둡던 집안의 기운을 밝은 기운으로 갈아치우는 일등 공신이었다.

암이라는 끔찍한 판정을 받았을 때나 투병 과정에서도 자식들의 세심한 배려와 관심에 힘입어 다시 일어설 수 있었다. 동생의 지극한 간호가 큰 힘이 되고 위로가 됐다. 벼랑 끝에 매달린 듯 절박한 상황에서 가족으로 뭉쳐진 단단하고 커다란 힘이 없었다면 지금 내가 여기까지 올 수 있었을까? 가족에게 고맙고 감사하다.

뒤돌아보니 아득한 시간이다. 미처 돌아볼 겨를도 없이 어느새 여기까지 왔다. 결코 순탄하지만은 않았다. 하지만 나는 순리를 거역하지 않았고 도망치지도 않았다. 고스란히 받아 안고 해결해 나갔다. 그러면서 얻은 내 삶의 철학이라면 '나쁜 일은 닥치지 않도록 사전에 예방하고, 닥친 일은 빨리 인지하고 지혜롭게 해결해야 한다'는 것이다.

나는 내 지나간 시간들을 그렇게 해결하면서 최선을 다하며 살아왔다. 시행착오도 있었고, 후회도 있었지만 나는 그런 순간순간에도 최선을 다했다고 자신 있게 말할 수 있다. 그건 가족이라는 단단하고도 따스한 사랑의 공동체가 있었기에 가능했다. 나에게 가족은 위대한 힘이다.

= 2020년 5월 15일 =

퇴임식

남편 정년 퇴임식 날이다.

큰아들이 아버지 모시고 퇴임식에 참석하겠다고 했는데, 직장에서 가족들은 참석하지 않고 퇴임식을 한다는 연락을 받았다. 그래도 아들은 퇴임식장 밖에서 기다렸다가 직장을 떠나는 아버지의 허전한 마음을 조금이나마 위로해 드리는 동시에 모시고 오겠다는 기특한 계획을 세웠다. 그런데 하루 전에 갑자기 직장 행정상 이른 시간인 8시 30분에 퇴임식을 한다는 연락을 받고 본인만 6시에 출발하고 아무도 오지 말라고 해서 못 갔다.

돌아보면 길고도 긴 여정이었다. 직장생활을 시작하고 41년 하고도 4개월이란다. 그 긴 시간 가장이라는 무거운 짐을 숙명처럼 어깨에 짊어지고 살아왔다. 지칠 줄도 모르고 힘들다는 불평 한번 없이 때로는 미련할 정도로 성실한 남편을, 우리 가족 모두는 인정하고 감사한다. 자식들에게 좀 더 나은 혜택을 주겠다고 영주에서 서울로 이사를 했고, 어렵고 힘든 부처 간 이동을 두 번이나 하면서 본인은 낯선 환경에 적응하느라 얼마나 힘이 들었을까? 대형 교통사고로 죽을 고비를 넘기면서도 강인한 의지로 일어섰고 성실과 근면의 아이콘으로 정년퇴직이란 명예와 함께 국가로부터 훈장까지 받았으니 손주들에게 자랑스러운 할아버지로 자리매김을 했다.

IMF 외환위기를 겪으면서 부부 공무원 퇴출설이 나돌 때 몇 번이고 그만두겠다고 사직서를 윗옷 속주머니에 넣고 다녔었다. 그러나 나는 끝까지 그 말에 동의하지 않다가 끝내는 내가 덜컥 명예퇴직을 한 일이 두고두고 마음에 걸리고 미안했다. 교통사고의 후유증으로 불편한 몸으로 이른 아침에 먼 길을 출근하는 모습을 보면서 내 이기적인 잘못된 생각으로 생고생시키는 건 아닌지, 이런저런 갈등과 죄책감이 나를 몹시 힘들게도 했다. 그런 남편이 이제 그 짐을 무사히 내려놓게 되었으니 다행이다. 정년퇴직을 맞은 남편에게 진심으로 감사한다. 그리고 축하한다. 공무원이 정년퇴직하기란 쉬운 일이 아니란 걸 잘 알기에 더욱 고맙다.

아이들도 진심으로 말한다. 아버지의 삶을 존경한다고. 성실과 끈기로 말한다면 우리 아버지 따라갈 사람 없을 거라고. 그런 아버지가 계셨기에 지금의 자기들이 있노라고 진심 어린 감사와 축하를 드린다는 감사패를 준비해서 읽을 때는 눈물이 났다.

긴 세월 단 한 번도 힘들다 하지 않고 운명처럼 지나온 남편의 세월에 숙연하다. 남은 시간 건강하게 즐겁게 편안한 날들 되었으면 하는 바람이다.

= 2012년 6월 29일 =

연말연시

12월 31일.

해마다 맞게 되는 한 해의 마지막 날이다. 올 한 해를 돌아보니 말할 수 없는 슬픔에 가슴이 먹먹하고 머릿속이 하얘진 듯 아득하다.

휴대폰이 울린다.

작은며느리다. 우리 집으로 오겠단다. 연말연시를 가족 모두 함께 지내려고 형님과 어머님 댁으로 가기로 했다 한다. 마음도 귀찮고 몸도 귀찮으니 오지 말고 너희들끼리 지내라 하고 전화를 끊었다. 숨 돌릴 틈도 없이 전화가 또 울린다. 이번에는 큰며느리다. 작은며느리가 자기네 형님에게 보고를 했나 보다. 똑같은 내용의 이야기가 유선을 타고 들려온다. 그렇다면 내일 만나서 점심이나 함께 먹자고 했더니 귀찮지 않게 알아서 준비해서 올 것이고 또 아이들이 할머니 댁에서 한 밤을 자야 한다고 성화라니 어쩌겠는가?

저녁나절 대학로에서 만나 저녁을 먹었다. 식사가 끝나고 송년 이벤트가 있으니 무조건 참석해야 한다고 강조하기에 따라갔다. 생전 처음 가보는 실내 낚시터였다. 세상은 요지경이라더니 며느리 덕에 참 별난 곳도 구경하는구나 하면서.

아이들은 좋아라고 표를 사서 낚시터로 들어가고 남편은 낯선 환경에 적응이 안 되는지 머뭇거리고 있으니 아들 며느리가 대어 낚아 오시라고 성화하는 바람에 떠밀려서 낚시터로 들어갔다. 남편은 젊은 날 안동댐에서 밤 낚시하던 실력을 발휘해서 4,360g의 대어를 낚아 그날의 최대 상을 받았다. 큰 곰 인형 두 마리를 상으로 받아 손주들에게 선물하고 할아버지의 위상을 한껏 세우는 계기가 돼서 신이 났다. 아이들도 각자 낚은 고기로 선물들을 받아서 시끌벅적 흥분이 가라앉지 않은 채로 집으로 돌아왔다.

며느리가 준비해 온 포도주와 샴페인으로 송연의 분위기를 내고 올 한 해 모두 수고했고 고맙다는 인사를 나누고서 잠자리에 들었다. 그러나 아이들은 쉽게 잠들지 못하고 서로 형아, 언니, 오빠, 누나, 동생을 찾으면서 이 방 저 방을 들락거리다가 밤이 늦어서야 하나씩 잠에 떨어졌다.

1월 1일 새해 아침.

아침 일찍 온 동생네 내외와 우리 가족 모두 12명이 한자리에서 새해를 맞았다. 올 한 해도 건강하게 잘 살아 보자는 덕담이 오가고 떡국을 먹었다.

우울했던 올 한 해, 마지막 날까지 어머님이 우울하게 보내실까 걱정이 돼서 왔다는 자식들이 가슴 뭉클하도록 고마웠다.

손주들 재롱과 사려 깊게 준비한 두 며느리 덕분에 즐거운 연말 연시를 보낼 수 있었다. 늘 힘이 되어 주는 자식이 있기에 고맙고 든든하다. 신경 써 준 두 며느리에게 진심으로 감사를 전한다.

= 2017년 새해 첫날(동생이 떠나고) =

무술년 정월에

음력 2018년 정월 열이틀.

세월 가는 걸 본 사람은 아무도 없는데 세월은 쉬지 않고 가더니 어느새 남편 나이 70이 되었다. 젊은 나이에 만나 수많은 애환을 겪으면서 어떻게 여기까지 왔는지 돌이켜 보니 아득히도 멀고 먼 길을 넘어지고 자빠지면서 허둥지둥 왔구나 하는 생각을 하니 한숨이 나온다.

이런저런 사정으로 고희 축하연은 범위를 좁혀 남편 형제분들만 모시고 신라호텔에서 한자리에 모였다. 보고 싶고 함께하고 싶은 애틋함을 마음에 담고서도 평소에 한자리에 모인다는 것이 어찌 그리도 쉽지 않은지, 모처럼 한자리에서 함께 먹고, 함께 웃고, 이야기하는 따뜻한 모습을 볼 수 있어서 흡족했다. 부산에 사시는 셋째 시숙님께서 일이 있으셔서 참석지 못한 것이 못내 아쉬웠다. 보고 싶을 때 자주 보고, 만날 수 있을 때 자주 만나는 것이 동기간의 우애고 행복인 것을 우리는 미처 깨닫지 못하고 살고 있다. 언제까지나 기다려주지 않는다는 아주 중요한 사실을 우리는 잊고 살아가고 있다. 안타까운 노릇이다.

손주들의 재롱잔치로 한껏 분위기는 화기애애했고, 두 며느리의 섬세한 준비에 감사했다. 살면서 어찌 좋은 일만 있었겠는가? 오늘 평안하고 행복한 것 같지만 돌아보면 힘들었던 일이 훨씬 많았던 것 같다. 살면서 겪는 수많은 상처들은 자식들로부터, 또 손주들의 재롱으로 보상받고 치유하면서 살아 낸다. 가족이라는 공동체의 가늠할 수 없는 크나큰 에너지가 없었다면 어찌 오늘이 있었을까? 생각하니 감사하고 뭉클하다. 대견하다고 가슴을 쓸어내린다.

자식들은 아버지의 친구들께 식사 대접을 하고 싶다는 제안을 했다. 그래서 대안으로 모임이 있을 때 그때그때 찾아뵙고 식사 대접도 하고 인사도 드리겠다고 의견을 모았다. 기특하고 고마웠다.

70을 맞은 남편에겐 이제 지난 시간보다 남은 시간이 짧다. 그 남은 시간을 지치지 말고 자신을 잘 지키면서 나아가기를 기대한다. 자신을 다독이고 자신을 사랑하면서, 남은 시간을 잘 관리하는 멋진 인생이길 간절히 기도한다. 그리고 축하하는 마음을 전한다.

= 2018년 2월 27일 =

엄마가 좋아하는 것

작은아들이 점심을 사 줘서 먹고 돌아오는 차 안에서 머뭇머뭇 말을 꺼낸다.

"이건 별것 아니지만 엄마가 좋아하실 것 같아서 말씀드리는데요."

마흔이 코앞에 닿은 아들이 쑥스럽게 말문을 연다. 무슨 말이냐고 재촉을 하니 장학금을 받는단다. 손자가 내년이면 학교에 들어갈 참인데도 아들의 장학금 소식은 예상대로 아주 기분 좋은 소식이었다.

대학 졸업을 앞두고 공부를 더 했으면 하는 바람이었는데 사회생활을 하면서 필요하면 하겠다고 완강하게 거절했을 때 어미 마음은 왜 그리도 아리고 걱정이 됐던지 눈물이 쏟아지고 오한으로 밤새 오들오들 떨면서 몸살을 앓았던 기억이 난다. 고등학교 3년을 아버지의 교통사고 후유증으로 집이 하루도 편할 날이 없이 시끄럽고 불안한 시기였다. 대학에 들어갈 때 재수하겠다는 아들의 의사는 무시한 채 내 복잡한 사정만 생각해서 부탁하고 설득해서 떠밀다 싶게 입학시킨 것이 늘 빚으로 남아 내 마음속에 자리하고 있었다. 매년 수능시험 때만 되면 아쉬움과 후회로 마음이 아프기를 여러 해가 지나도록 계속되었다.

아들은 졸업도 하기 전에 하고 싶은 일을 할 수 있는 대기업에 입사했고 열심히 재미있게 사회생활을 하면서 짝을 찾아 결혼해서 가장이 되더니 두 아이의 아버지가 됐다. 하는 일의 특성 때문인가 제대로 휴가 한번 가지 못하고 늘 일에 매인 생활이 안쓰럽고 딱하기가 그지없었다. 중간에 유학을 준비했던 그런 아들에게 대학원 진학을 권했더니 그렇지 않아도 공부가 하고 싶어 생각 중이라고 해서 적극적으로 권한 것이 이제 한 학기 남겨 놓고 있다. 직장 다니면서 공부한다는 것이 쉬운 일은 아닐 텐데, 바쁘기는 하지만 재미있다고 하니 고맙다.

자식이 나이가 들고 세월이 흐른다 한들 자식은 언제까지나 자식일 뿐이라던 엄마의 말씀이 생각난다. 걱정되고 안쓰럽고 아깝고 대견하고 그러면서도 언제부터인가 힘이 되고 위안이 되고 의지가 되는 것이 자식인가 보다. 엄마를 기쁘게 하고 싶었던 아들의 오늘 목표는 100퍼센트 성공을 거두었다. 석사 학위를 받고, 어느 때가 되든지 또다시 공부가 하고 싶으면 도전하길 기대하면서 적극적으로 지원해줄 것을 약속한다.

고맙다, 아들아.

= 2016년 9월 29일 =

횡성에서

싸락싸락 눈 내리는 소리
쌔근쌔근 어린 것들 숨 쉬는 소리
잠든 아이 깰까 봐 불도 못 밝히고
어두운 방에 우두커니 앉아서
창밖으로 환한 세상을 내다본다.

나풀나풀 무리 지어
눈꽃 나비 내려앉고
하얀 언덕에는 눈이 쌓인다.

세상에서 가장 편한 자세로
한쪽 다리 반쯤 접힌 이불 위에 턱 하니 걸치고서
넓은 아래층에 혼자서 이리 뒹굴 저리 뒹굴
세상 편하게 자고 있는 든든하고 신통한 내 첫사랑 영국이

이리저리 엉켜도 한데 모여 자겠다고
2층에 옹기종기 모여들더니
제일 막내 예뻐서 그 손 잡고 잠이 든

인정 많고 깜찍한 예쁜 공주 황금이

만나면 좋아라고 못 떨어지는 누나 옆에
코를 박고 쌕쌕 잠든
똘망똘망 개구쟁이 우리 진형이

이도 저도 귀찮다고 다 걷어차고
이리저리 요 밖으로 방바닥에 엎어 자는
애교단지 귀염둥이 우리 현주

캄캄한 방 계단에 걸터앉아서
어둠에 익숙해진 고양이 눈으로
아래위층 살피면서
혼잣말로 중얼거린다.
세상에서 내가 제일 부자라고.

이 기쁨, 이 평화
이 여유, 이 풍요
가족에게 감사한다.

= 야간 스키 나간 아들 며느리를 기다리면서, 2012년 12월 29일 =

아들, 손자, 며느리 다 모여서

알람 소리에 잠이 깼다. 5월 27일 새벽 세 시가 조금 넘어 있었다. 아이들이 계획한 가족 여행이 잡힌 날이다. 밥솥을 콘센트에 연결하고 108배를 올렸다.

아들, 손자, 며느리, 거기에 동생네 가족까지 열세 식구가 움직이는 날이라 조심스럽고 감사하는 마음을 담아 기도를 드렸다. 해마다 여름휴가는 함께했으나 온 가족이 비행기를 타고 가는 여행은 처음인지라 설렘도 있지만 내심 불안하기도 했다.

제주 공항에 내리니 안개비가 내리고 있었다. 그까짓 안개비쯤이야!

제부가 마련한 숙소는 입이 떡 벌어지도록 넘치게 좋았다. 한라산 중턱 해발 620㎞에 위치한 리조트에 삼나무로 지은 나지막한 예쁜 집이 그림처럼 잔디 위에 곱게 놓여 있었다. 예쁜 징검다리를 밟고 열려 있는 문으로 동화처럼 빨려 들어갔다. 창을 여니 손만 뻗으면 닿을 듯 한라산 정상이 눈앞에 가까이 다가와 있고, 싱그러운 숲속 향기에 코가 시원해진다. 그곳에서의 2박 3일을 철없이 그냥 좋아라고 지냈다.

23인승 버스에 우리 가족만 함께 하는 여행은 말할 수 없는 여유이자 행복이었다. 제주의 아름다운 풍광이 주는 기쁨도 크지만, 손주들의 꼬물거리는 재롱에 시간을 뭉텅뭉텅 도둑맞고 있는 기분이었다. 올해 초등학생이 된 영국이는 제법 동생들을 돌보면서 혼자서 해결하는 의젓함으로 우리를 흐뭇하게 하였고, 예쁜 손녀 황금이의 간드러진 애교가 우리를 꼴딱 넘어가게 하는가 하면 두 돌을 갓 지난 진형이의 어휘력과 동요 메들리에 손바닥이 아프도록 손뼉을 치면서 우리는 즐거워했다.

한라산 중턱 리조트에서 쏟아질 듯한 무수히 많은 별을 세면서, 개구리 가족의 조금은 시끄러운 합창을 들으면서, 아침 산책길에서 만난 노루 가족의 놀람에 미안해하면서 그동안 선뜻 내놓지 못하고 감추어 둔 행복이란 단어를 살며시 꺼내 보았다. 거기에 조금도 불편해하지 않고 즐겁고 유쾌하게 여행을 이끌어 준 내 예쁜 두 며느리는 보배 중 보배였다.

일상을 떠나 낯선 곳으로의 여행은 생활의 활력소이며, 자신을 제자리로 돌려놓는 정돈의 기회를 가지는 시간이라는 생각을 해본다. 가족여행이야말로 서로를 더 깊이 이해하고 흉허물을 터놓으면서 가까워질 수 있는 행사라는 생각을 했다.

여행에서 돌아온 이틀 후 '어머님과 이모님 덕분에 여행 즐거웠어요. 이제는 여름휴가를 기다려야겠네요'라는 며느리의 문자가 또 한 번 숨어 있던 행복이란 낱말카드를 찾아 가슴에 붙이게 했다.

= 2011년 6월 =

늘 부족한 어미

시간 맞춰 점심 준비를 한다. 찹쌀을 씻어 앉히고, 뚝배기에 대구탕을 앉힌다. 콩나물머리 떨어지는 것이 싫어서 콩나물은 빼고 배추랑 무를 넣어 준비했다. 아들은 국물을 좋아하기 때문에 시원한 맛을 부담 없이 먹여 보낼 요량이다.

아들이 대학교에 면접을 보러 간다는 날이다.

대학시험부터 시작된 면접은 언제나 새로운 긴장감을 안겨 준다. 늘 본인은 태연한 척한다. 하지만 난 태연하지를 못하다. 그렇다고 내놓고 안절부절못할 수도 없어 표정 관리에 애를 먹는다. 무슨 말을 해 줘야 할지? 머리를 굴리면서 마주 앉아 밥을 먹는다. 적당한 말을 찾지 못하고 아들을 내보낸 뒤 난 털썩 주저앉아 버린다. 내가 할 수 있는 일은 밥해서 먹여 보내는 일뿐이다.

학위를 받고 국비로 영국에 박사 후 과정을 하러 갈 때도, 마치고 돌아와서 지금 근무하는 출연연구소에 선임연구원으로 들어갈 때도 본인이 알아서 모든 걸 해결했다. 내가 해 줄 수 있는 일은 아무것도 없었다. 그저 믿고 지켜보는 일 밖에는…….

대학으로 가겠다는 꿈을 가지고 두 번째 도전을 하는 아들이 안쓰럽고 딱하다. 오늘 있다는 최종 면접이 내 아들을 얼마나 피 말리게 할까? 내 작은 가슴에는 아들의 원대한 꿈보다는 실패했을 때의 아픔이 더 큰 회오리로 내 아들을 치게 될까 봐 두렵다. 면접을 마치고 돌아온 아들을 맞으면서 표정을 살핀다. 준비한 자료를 자신이 만족할 수 있게 발표했다면 합격 여부와 관계없이 성공한 발표로 인정하자고 우리 모자는 결론을 내렸다. 그리고 나는 또 아무것도 해 줄 것이 없이 합격자 발표만을 기다려야 한다.

= 2007년 1월 =

금쪽같은 내 새끼

내 살점 찢어지면 이토록 아릴까?
내 뼈가 부서지면 이렇게 아플까?
가린 손 사이로 부어오른 멍든 얼굴
이게 무슨 벼락인고?
거르지 않고 튀어나오는 거친 말
"누구야! 어떤 놈이 이렇게 만들었어?"

화내거나 격한 표정 한 번도 보인 적 없는
다툴 줄도 모르고
욕심부릴 줄도 모르는
착하고 순한 녀석을…….

고래 싸움에 새우등 터진다더니,
싸움판은 먼발치에서 구경도 하지 말라던데
그렇다면
싸움은 말리고, 흥정은 붙이라는 말은 어떤 경우란 말인가?

제 잘못도 없건만 아픈 얼굴,
불편한 표정 한번 못 짓고
방방 뛰는 속 좁은 어미 안심시키자니 오죽이나 힘이 들까?

금쪽같은 내 새끼 당한 고통 생각하면
당장 어떻게 요절이라도 내고 싶지만
그래서 얻는 것이 무엇이냐는 자식 놈의 어진 말에
측은하고 아까워서 애가 타는구나.
진료받고, 검사하고,
기다리는 시간에 피가 마른다.

멀건 미음 마시면서 수술 스케줄로 불안해도
태연한 척 웃으면서 괜찮다는 그 말이
또 한 번 가슴을 아리게 후벼놓고

미워할 줄도 원망할 줄도 모르는 순해 빠진 내 자식
큰 고통 거두시고 작은 고통 이기도록
하루빨리 나아서 맡은 임무 다하도록
못난 어미 두 손 모아 기도드립니다.

= 2005년 9월 가슴 아린 날에 =

횡재

긴 장마가 계속되면서 올여름은 별로 덥지 않다는 느낌으로 여름이 시작됐다. 그런데 옴팡지게도 그 느낌을 엎어 버리는 더위가 시작되면서 열대야라는, 옛날에는 들어보지도 못한 기상이변이 매일 뉴스 첫머리에서 도시를 달구어 댄다.

피서라는 낱말에 그리 익숙지 못한 세월을 살아왔기에 가도 그만 안 가도 그만이라는 소극적인 생각 때문에 나는 앞장서서 휴가를 계획하거나 서두르지 못하는 사람이기도 하다. 작년과 올해, 고맙게도 제부가 휴가를 우리와 맞추어서 예약하고 계획해서 우리는 편하게 따라만 가는 염치없는 피서객이 되고 말았다.

올해는 작은아들이 휴가를 같이 떠나 주겠다고 선심(?)을 써서 든든하고 흐뭇한데, 떠나기 이틀 전에 큰아들네 내외가 휴가를 같이 가겠다는 전화를 해 왔다. 이게 웬 횡재인가? 두말할 것도 없이 우리는 모두 만장일치로 환영했다.

일에 묻혀서 너무 바쁜 아들도 딱하고, 허구한 날 오밤중에 퇴근하는 남편 뒷바라지하랴 본인도 출근하랴 늘 바쁜 며느리도 딱해서 며칠이라도 가까운 해외로 다녀오라고 했었다. 방학도 거의 끝나가고, 내 딴에는 아들 내외에게 보너스로 손자는 내가 며칠 보아 주겠노라고 말한 것이 엊그제인데 그건 까맣게 잊어버리고 합세하겠다는 의사에 앞뒤 가리지 않고 좋아하니 너무 속 보이는 짓이 아니던가? 아무튼 가는 곳을 알려주고 목적지에서 만나기로 약속을 했다.

공교롭게도 우리 일행과 천안에서 출발한 아들네가 같은 시각에 속초에 있는 금호콘도에 도착하고 합세가 됐다. 언제나처럼 손자가 나타나면 분위기는 업되고 기가 충전된다. 그로 인해 세상은 살맛이 나고 눈에 보이는 모든 것이 아름답고 귀에 들리는 모든 소리가 아름다운 화음이다. 처음에는 조심스럽게 내리지 않으려고 하던 바닷가 모래밭도, 살짝살짝 밀려오는 파도도 무서워 바짝 매달리던 손자가 차츰 환경에 적응이 되면서 토끼 춤을 추며 좋아하는 모습에, 또 그 웃음소리에 찜통더위도 맥을 못 춘다. 우리 모두는 귀염둥이 손자 보는 즐거움에 더위를 씻어냈다.

모든 일정은 손자인 영국이 시계에 맞추어졌다. 아침 기상도 손자 시계가 움직여야만 시작된다. 먼저 일어난 사람도 잠을 자고 있는 사람도 모두 멈춤 상태에서 숨죽이고 있다가 눈 비비며 일어나는 손자의 작은 움직임으로부터 아침이 시작된다. 낮잠 역시 아기가 졸리면 모두 콘도로 돌아와서 다 같이 자리를 펴고 낮잠을 잤다. 동생과 나는 고양이 걸음으로 밀린 빨래도 하고, 심하게 소리 나는 탱크(코 고는 소리) 관리도 하느라 낮잠을 못 잤지만 평화로움으로 샤워하는 한가한 오후의 여유로움이었다.

우리 손자가 처음 가보는 사찰인 오대산 월정사에서 사천왕께 "아저씨 안녕"이라고 제법 친근하게 인사를 하기에 법당에 들어가

보자고 했더니 싫다고 손을 젓는다. 법당 밖에서 "아아씨(아저씨) 안녕?" 손을 흔들며 인사를 하고는 날 보고 빨리 나오란다. 법당 안은 적응이 안 되나 보다. 시간이 좀 지나면 호기심이 발동할 텐데.

아기 눈에는 부처님이 젊은 아저씨로 보였다. 내가 "부처님 할아버지 고맙습니다"라고 말하니 아니라고 고개를 젓는다. 아저씨란다. 그러고 보니 내 눈에도 할아버지가 아닌 아저씨가 분명하네. 아기들 눈은 정확하다. 섬세하고 예리하다. 그리고 거짓말은 하지 못한다.

동생네 덕분에, 큰아들네 식구와 작은아들이 쓴 선심 덕분에 올 여름 휴가는 전에 없이 횡재한 기분이다.

한마디로 대박이다.

더워도 살만한 여름이었다.

= 2006년 8월 =

묵은 빚을 갚고 싶다

- 첫 손자를 품에 안고 -

빨지 않겠다는 고무젖꼭지
작은 입속에다 억지로 밀어 넣고
먹지 않겠다는 소젖을 삼키라고 안달하면서
모질게도 남의 손에 우는 아이 넘겨주고
담 모퉁이 돌아서 출근길 나설 때는
넘어오는 설움을 꿀꺽꿀꺽 삼켰단다.

열나고 보채는 놈
남의 등에 업혀서
병원 갈 일, 약 먹일 시간 일러 주면서
맡길 손 비는 날엔 이 손 저 손 구걸해서
하루해를 넘겼었지.

방긋방긋 웃는 녀석
한가하게 눈 맞춤 못 해 준 빚
옹알옹알 옹알이

지치고 힘들어서
꼬박꼬박 대꾸 못 해 준 빚
퇴근해서 와 보면 지친 얼굴에 눈물범벅
쉰 목소리에 가슴 졸이던 빚
못난 어미 또 놓칠까 대롱대롱 매달리며 불안하게 했던 빚
울게 한 빚, 엄마 젖 못 먹인 빚,
떼어 놓고 다닌 빚, 빚, 빚, 빚…….
두고두고 갚은들 어찌 다 갚을쏜가?

세월은 흐르고 그 자식 아비 되어
안겨 주는 귀한 보배 가슴에 안고 보니
빚만 잔뜩 남긴 세월 돌아보게 되는구나.
태산 같은 빚 덩이 녹일 기회 닿았으니
부지런히 갚아서 가벼이 하려 한다.
모처럼 기회에 빚을 갚고 싶었다.

부모 인생이 무엇이더냐?
자식 인생이 내 인생이고
자식이 편해야 내가 편한 법
묵은 빚도 갚으면서 내 맘도 편하게
조금씩이나마 빚을 갚고 싶었다.

= 2005년 1월(2005년 6월 24일 《예천신문》 게재) =

* * *

어머니,

저희가 갚을 차례예요. 부모 마음을 헤아릴 줄 아는 자식이 얼마나 될까요? 힘겹게 사랑과 정성으로 이만큼 키워 주셨는데 갚을 빚이 또 남았을까요. 이젠 저희가 천천히 갚아 드려야죠. 반듯하게 키워 놓으셨으니 이젠 더 이상 미안해하지 마시고 가슴 속에 담아 두지도 마세요. 철부지 자식이 부모가 되어 부모 노릇도 제대로 할 줄 모르면서 키우겠다니 걱정도 많으시고 불안하시죠? 어머님께서 어머님 생활 잠시 접으시고 영국이를 키워주시겠다고 하셨을 때 감사했었어요.

종일 영국이를 돌보신 날엔 밤이면 힘겨워하시는 모습이나, 팔에 붙이신 파스며 병원 다녀오셨다는 이야기 들을 때마다 가슴이 무척 아팠습니다. 또 젖병을 물지 않으려고 뿌리치고 잠결에 배고픔에 지쳐 어쩔 수 없이 무의식중에 급하게 분유를 들이켜는 모습을 볼 때마다 더더욱 가슴이 아팠습니다. 어머님과 영국이에게 너무 큰 죄를 짓는 것 같아서요.

또 영국이 아빠가 어렸을 때 잔병이 많았다고 해서 모유를 먹일 수 있을 때까지 먹여서 건강하게 키우고 싶었어요. 경제적으로 조금 힘겹겠지만 아껴 쓰면 되고 영국이를 건강하게 키우는 것이 장기적인 투자라 생각했습니다. 애 아빠도 이젠 안정된 생활을 하고 있고, 저도 휴직이 된다니 더 이상 고민할 일이 없겠더라고요. 좀 늦게 결심은 했지만 주변에서 모두들 선택 잘했다고 하고요. 앞으로 영국이를 건강하고 바르게 키우는 일에 전념할게요. 어머님께서도 지켜봐 주시고 언제든 좋은 육아 정보 있으시면 가르쳐 주시고 조언 부탁드려요.

* * *

며늘아, 고맙다.

휴직을 결정했다니 정말 고맙다. 살면서 돌아보니 자식에게 투자하는 것이 가장 확실하고 보람 있는 투자라는 걸 알게 되더라. 그러면서 늘 내가 한 투자가 부족했음을 후회하게 되더라. 후회할 때는 이미 지나간 세월이 되어서 아쉬움을 남기고 가슴을 아리게 하더구나. 이러지도 저러지도 못하면서 부모에게도 자식에게도 빚만 남은 세월들…….

자식은 내리사랑이라 잔병치레는 닮지 말아야지.

지혜로운 선택을 한 네가 고맙다. 네가 복을 안고 와서, 너희들 일이 잘 풀리고 우리 영국이가 희망과 기쁨을 선사하더니 휴직 건 또한 잘 해결이 돼서 정말 감사한 마음이다. 정말 고맙다.

내가 팔이 아픈 건 영국이 때문이 아니다. 워낙 손목이 부실해서 네 마음을 편치 않게 했구나. 난 영국이 때문에 힘든 것이 아니라 오히려 얻는 것이 얼마인지 계산할 수 없을 정도다. 갱년기에 찾아오는 우울증엔 최고의 명약이 손자 돌봐 주는 일이라고 요즘 '내 인생' 운운하는 이기적인 세상 할머니들께 큰 소리로 알리고 싶다. 영국이만 안고 있으면 아팠던 지난 시간도 음악이 되고, 빛졌던 마음도 행복이 되어, 먹지 않아도 자지 않아도 가벼운 새처럼 날 것 같구나.

미운 마음, 어두운 마음, 그득한 욕심들은 내 안에서 밀려나고. 뜨는 해도 지는 해도 영국이 위해 있구나. 생긋생긋, 옹알옹알, 으앙 하고 우는 것도 그 모습이 부처요, 천사로구나. 마음공부 따로 없고, 극락정토 따로 없어 손자 보면서 마음공부, 극락 체험 만끽하고 있단다. 난 요즘 아주 즐겁고 행복하게 지내고 있으니 너, 나한테 미안하게 생각할 것 없다. 오히려 내가 너에게 고마울 뿐이다.

아기천사

- 첫돌 아침에 -

웃음 담고, 기쁨 담고 희망까지 얹어서
고물고물 방긋방긋 옹알이가 어제인데
어느새 짝짜꿍에 도리도리 잼 잼 잼
외씨 같은 작은 발로 한발 두발 걸음마
잘했다고 짝 짝 짝,
두 다리 펴 놓고 동 동 동 동.

세상에서 귀한 것이 자식인가 했더니
이렇게도 귀한 보배 또 있는지 몰랐었네.
깔깔대는 웃음소리 세상 근심 다 녹이고
맑고 맑은 눈동자가 희망의 빛이로다.
분주한 재롱에 온 가족이 넋을 잃고
새근새근 잠든 얼굴 우리들의 기쁨이네.

반짝이는 햇살이여
푸르른 하늘이여
영그는 가을이여
곱게 물든 단풍이여
첫돌 맞은 아기 천사 영국이 위해 있으라.

= 2005년 10월 6일 =

예쁜 손녀 황금이

이 방 저 방에서 고개를 쏘옥 내밀고
까꿍! 하고 나오는 듯
구석구석 배시시 웃음이 묻어 있다.

누워 자던 요 위에
배릿한 땀 냄새가,
쥐고 놀던 장난감은 아직도 따뜻하다.

식탁 아래 술래는
지금도 바스락대는 듯한데
벽에 걸린 사진 속의 황금이는
품에 안겨 올 듯

오면 반갑고
가면 더 반갑다는 말이
내게는 모두가 거짓이구나.

오면 반갑고 가면 그립다고
고쳐 써야겠구나.

보내고 돌아서면
꼼지락대는 그 재롱이
눈앞에 아른거린다.

= 2008년 봄 =

우리 집 보물 2호

모임이 있어서 나갔다.

점심 먹고 커피 마시고 수다도 떨다가 집으로 돌아오는 지하철에서 전화를 꺼내 보았다. 카카오톡에 달린 주황색 동그란 주머니 속에 미확인 숫자가 두 자리로 붙어 있다.

큰 기대 없이 버릇처럼 터치했더니 난리가 났다. 북치고 나팔 불고 춤추고 꽃가루 뿌리고……. 축하 메시지가 주렁주렁 달려 있는 걸 나만 모르고 있었다.

이게 웬일인가?

우리 집 보물단지 2호 황금이가 전교 회장에 당선됐다는 소식이었다.

학급 임원도 욕심내지 않더니 뜬금없이 소리 소문도 없이 전교 회장이라니?

장하다. 예쁜 내 손녀, 축하한다.

어리다고만 여겼는데 도전해 보겠다고 마음 낸 것만도 장한데 당선이 됐다니.

그동안 친구들과의 상호관계가 잘 이루어졌다는 거 아니겠는가?
또렷하게 공약을 발표하는 모습이 동영상으로 올라와 있었다.
보고 또 봐도 흐뭇하고 신통했다. 우리 황금이 자신감이 뿜뿜~.

성격 좋고 인정이 많아 평소에도 사촌 동생들을 잘 챙기고 친절하게 돌보는 모습이 늘 기특하고 사랑스럽더니 이렇게 큰 몫으로 가족에게 기쁨을 주는구나.

이쁘고 자랑스러운 내 보물단지 2호 박황금!
한 학기 동안 좋은 경험 많이 하고 즐거운 학교생활 되기를 기대한다.
그리고 건강하고 행복하게 자라기를 기도한다.

= 2019년 3월 =

세 번째 손주 오시는 날

2009년 4월 10일 아침,

세상에 이럴 수가. 멀거니 집에 앉아서 기다리기에는 지루한 시간이다.

어제 둘째 며느리가 입원을 하고 오늘이 출산하는 날인데 난 이렇게 집에 앉아 있다. 사돈(며느리 친정어머니)도 아침 차로 오신다는데 집에 앉아서 가보지 못하고 있으니 이 마음이 오죽한가?

전화벨이 울린다. 아들이구나.

수술실에 들어갔다는 소릴 듣고는 거실에서 왔다 갔다 아들에게도 며느리에게도 미안한 마음뿐이다. 건강한 남자아이에 산모도 건강하다는 두 번째 전화에 그저 감사한 마음이다. 어떻게 생겼을까 궁금증은 이루 말로 다 할 수 없지만, 나 죽지 않고 이렇게 살아서 이 영화를 보다니 고맙고 감사하다.

그래서 참기로 했다. 할머니의 어설픈 꼴을 금방 세상에 나온 귀한 내 손자에게 보여주지 않으리라. 언제 만날까 생각하다가 내 어린 날 할아버지가 떠올랐다. 할아버지께서는 아기가 태어나면 삼칠(21일) 아침에 의관 갖추시고 아기를 만나셨다.

그래, 나도 그날로 정하자. 세이레가 지난 뒤에 보기로 마음을 정하고 자식놈 내외에게 내 마음을 전했다. 21일 동안 이 할머니는 지극히 그리운 마음으로 기도한 뒤 귀한 너를 만나리라. 그날을 기다리며 안녕~.

진형과의 만남

2009년 5월 3일.

아침 햇살에 눈이 부시도록 날씨가 맑았다. 이른 아침 북한산에 올랐다.

출렁이는 연녹색의 반란 속에 다소곳이 숨어 있던 이슬방울은 떠오르는 햇살을 반기며 여기저기서 반짝인다.

이렇게 아름다운 해를 본 적이 있었던가?

이렇게 아름다운 이슬을 본 적이 있었던가?

가슴 가득 뜨거움이 밀려오더니 코끝이 짜릿해 온다.

다음 순서로 머리가 빼근하면서 눈물이 왈칵 솟구친다.

샤워하고 머리 감고, 준비는 끝났다. 이제 만나러 가는 거다. 진형 아비가 데리러 온다는 기별이 왔다. 그동안 아무것도 하지 못하고 달력에 새겨진 숫자만 세던 내가 이 미안한 마음을 내 손자에게 어떻게 설명해야 할까?

길게 빠져 있는 뒤통수는 아빠를,

커다란 눈에 속 쌍꺼풀은 엄마를,

오뚝하고 큰 코는 아빠를 닮았다.

어쩜 이리도 예쁠꼬.

난 이렇게 진형이가 태어난 지 24일 만에 아기를 만날 수가 있었다.

* * *

어머님,
한 줄 한 줄 읽어 내려가면서 가슴이 뭉클해지고 눈시울이 붉어지는 건 무슨 연유일까요. 어머님의 깊으신 사랑에 부족한 제 마음 때문은 아닐까요. 막연히 그러셨겠지 하던 생각이 확고해지면서 어머님 사랑과 정성에 또 한 번 감동이에요. 훗날 저도 어머님 같은 어머니가 될 수 있으면 얼마나 좋을까요. 지금부터 노력해 볼게요. 모쪼록 오래오래 저희와 함께해 주세요. 정말 정말 감사합니다.

진형이 첫 번째 생일

아직 밖은 어둡다.
시계를 보니 5시 30분.
얼른 일어나 찬물에 세수를 했다.
정신을 가다듬고 108배를 올렸다.
귀하고 귀한 우리 진형이가 첫 번째 맞는 생일이다.

진형이가 태어나던 날, 항암 중인 나는 진형이를 볼 수가 없었다. 진형이 눈에 비친 할머니의 초췌한 모습이 진형이가 본 이 세상의 모습으로 각인될까 봐 3주일을 참았다.

진형이는 예뻤다. 반짝반짝 빛나는 보석이었다. 영리하고 발달상태도 빨라 한 가지 한 가지 가르치면 쏙쏙 스펀지처럼 빨아들인다. 책을 보고 반응하는 그 모습에 우리는 더 없이 만족해하고, 장난을 좋아하는 개구쟁이 행동에 우리는 모두 행복해한다. 무탈하게 잘 자라 준 우리 진형이와 키우느라 수고한 아들 며느리에게 감사한다.

미역국을 끓이고, 시골서 금방 찧어 보낸 쌀자루에서 꺼낸 새 쌀로 밥을 지었다. 내 할머니, 내 어머니가 하시던 그대로 삼신할머니께 상을 차려 올리고 염치없게도 또 부탁드린다.

건강하게
밝고 맑게
지혜롭게 자라게 도와주십사고…….

= 2010년 우리 손자 첫 생일 아침에 =

사랑하는 막내 손녀

우리 예쁜 아가야,
세상의 무슨 꽃이 너보다 예쁘겠니?

웃는 네 모습은 모든 시름 걷어 가고
깔깔대는 웃음소리 천상의 음악인 듯
너는 나에게 온 최고의 보물이구나.

웃음 잃지 않고
아프지 말고
잘 먹고
잘 자고
깔깔대면서
무럭무럭 자라게 해 달라고
삼신할머니께
이 할미 두 손 모아 기도한다.

= 우리 현주 첫 번째 생일날에 =

현주야, 다치면 안 돼

2012년 2월 5일

가족들이 남편 생일이라고 한정식집에서 점심을 먹고 헤어졌는데 한참이 지난 후에 작은아들한테서 전화가 왔다. 어제 현주가 떨어져서 머리에 물혹이 생겨 서울대 병원에서 CT 촬영을 한다는 청천벽력 같은 내용이었다.

지옥이 따로 없다. 그 어린것이 얼마나 무서울까 생각하니 안쓰럽기가 말할 수 없다. 대신할 수만 있다면 열 번이라도 내가 하겠다는 심정이다. 오곡밥을 지으면서 머릿속은 현주 생각뿐이다. 우리 현주 무사할 거라고 믿으면서 마음을 가다듬고 관세음보살님께 부탁 또 부탁하면서 현주를 기다렸다. 결과는 7일에 예약.

2012년 2월 6일

이쁜 현주가 다행히도 잘 웃고 잘 노는 것이 우선 보기는 별 탈이 없는 듯하다.

머리 왼쪽 부분이 말랑말랑하니 조금 솟아나 있다. 낮잠도 곤하게 나비잠을 잔다.

2012년 2월 7일

현주 외래 진료가 잡힌 날.

현주를 안고 서울대학교 병원 소아신경외과에 갔다. 후들거리는 다리에 가슴은 두근두근하니 주저앉을 것만 같았다.

다행히도 머리뼈에 금은 갔지만 괜찮을 것 같다고 한다. 혹시 알 수 없으니 5월 8일에 한 번 더 보자 한다.

방긋방긋 웃는, 품에 안긴 현주의 따뜻한 체온이 가슴을 먹먹하게 했다.

이보다 더 큰 축복이 또 있을까? 감사하고 또 감사하다.

5월 8일에 진료 예약했다.

2012년 5월 8일

현주 병원 가는 날이다.

2월 5일 이후 현주 걱정에 일념으로 기도했다. 엑스선 촬영을 마치고 담당 선생님을 만났다.

뼈가 잘 붙었으니 신경외과는 안 와도 된다는데 얼마나 고마운지 큰절이라도 하고 싶은 마음이었다.

현주를 안고 진료실 밖으로 나오니 감사의 눈물이 핑 돌았다.

저녁에는 현주 아비가 한국예탁결제원에서 표창장을 받았다고 전화가 왔다.

오늘 어버이날 현주네 부녀에게 크나큰 선물을 받았다.

현주야, 사랑한다. 다치면 안 돼.

장 봐 주는 아들

매월 셋째 주 수요일이면 도착하는 알림톡이 있다.

'주문 상품이 Cj택배에 전달되어 1~2일

후에 배달되겠습니다.'라는 내용이다.

매달 아들이 보내주는 장 본 것이 배달되어 온다는 메시지다.

벌써 여러 해가 되었다. 아들이 결혼한 지가 14년인데, 결혼 전부터 오던 것이니 그 세월이 얼마인가?

8월 셋째 주 목요일인 어제(13일)도 그 택배를 받았다.

스티로폼 박스 안에는 돼지고기 사태 300g, 돼지고기 불고기 600g, 만가닥버섯 한 통이 들어 있었다. 다른 때는 주로 5~7종류의 채소가 고루 담겨 배달되고는 했었는데, 긴 장마 탓에 채소가 없었던 모양이다.

한 달에 한 번 배달되는 부식 상자를 열 때마다 따뜻한 무엇인가가 내 몸을 한 바퀴 돌아 행복한 감정이 저장되는 곳에 꽂히는 기분을 경험한다.

선물이니까 당연히 기분이 좋은 것이지 하고 간단하게 생각할 수도 있겠지만, 내가 느끼는 감정은 그보다 훨씬 크고 가치 있는 공동체의 상위 개념을 생각하게 한다.

그게 언제부터인지 확실치는 않은데 꽤 오래전부터다. 처음에는 '○○가족사랑'이라는 타이틀로 부식재료가 배달되었다.

현금으로 따진다면 개인적으로는 그리 크다 싶지는 않지만, 올망졸망 들어 있는 계절식품(유기농)을 하나하나 꺼낼 때면 마치 친정에서 농사지은 것을 챙겨 보낸 부모님의 정성인가 싶도록 따뜻함을 함께 경험한다. 그러던 중 어느 때는 잠깐 중단된 적이 있었는데 서운함을 떠나서 '왜일까?' 하고 걱정이 되기도 했었다.

아들은 결혼과 함께 분가했지만, 주소를 바꿔놓지 않아서 지금까지 '자연이랑'은 우리 집으로 배달되고 있다.

세시풍습에 맞춰서, 또 계절에 따라서 설에는 떡국을, 정월 대보름에는 오곡밥 재료를, 복중에는 삼계탕 재료를, 감자 철에는 감자를, 고구마 철에는 고구마를, 추석에는 햅쌀을, 동지에는 팥죽거리를 보내주는 아주 자상한 효자 아들을 둔 셈이다.

이렇게 회사로부터 전해오는 정스러운 식품을 받으면서 나는 내 아들에게도 고맙지만 회사 측에 꼭 한 번은 감사하다는 인사를 전하고 싶었다.

이 인사가 어떤 방법으로 전해질지 알 수 없지만 나는 내 아들에게도, 또 회사 측에도 고맙다는 인사를 보낸다.

그리고 회사의 무궁한 발전을 기원한다.

호박잎 사랑

나의 살던 고향은

'나의 살던 고향은 꽃피는 산골…….'

이 동요의 노랫말은 내 고향 금당실을 배경으로 하지 않았나 하는 생각을 하게 된다.

다심바위를 올라서면 저만치 앞에 훤히 보이는 내 고향 금당실. 동요의 노랫말처럼 울긋불긋 꽃 대궐이 눈앞에 펼쳐진다.

눈부시게 화려한 벚꽃이 지나는 이를 향해 손을 흔들고 기분 좋게 살랑대는 봄바람에 마음이 설렌다.

고향, 언제 들어도 따뜻하고 포근한 내 어머니 같은 마을.

그곳에는 목련꽃이 지기 전에 우리 박 실이 봐야 한다는 내 어머니의 기다림이 있고, 언제나 한 곳에서 느티나무처럼 넉넉하게 감싸 안는 내 오라버니의 그늘이 기다린다.

산나물 챙겨서 객지에 가 있는 친구마다 고향 맛 전해주는 옛 친구의 정성은 향긋하고 쌉쌀한 산나물 맛보다 더 진하게 가슴을 덥혀온다.

묵묵히 마을을 지키는 느티나무 그늘에도, 학교 송림에도, 나지막한 돌담에도 세월은 묻어서 흘러가건만 아직도 어릴 적 추억들은 새록새록 새롭기만 하다.

아침에 한 바퀴 저녁에 한 바퀴 동네를 돌아온다.

인심 좋은 우리 올케, 시누이 좋아한다고 당파(쪽파)전 부치느라 온 집안에 냄새 그득하다.

푸근하다.

그 속에서 놀던 때가 그립습니다.

흥얼흥얼 노래가 나온다.

= 《예천신문》 게재 =

봄의 단상

도심에 피었던 꽃들이 잎들에게 자리를 내어 줄 때면 낮은 산자락 여기저기에서 나 좀 봐 달라 손짓하는 꽃들의 함성이 들리는 듯하다. 산 중턱으로 걷기 좋게 만들어 놓은 자락 길에는 지각하고 달려 나온 진달래가 철쭉 옆에 고개를 내밀고, 제멋대로 자라서 고목이 된 개복숭아가 꽃망울을 터트려 소박하면서도 고운 모습으로 발길을 잡는다. 약간은 성글게 잎도 꽃도 알맞게 어우러지게 핀 산 벚꽃이 정말 예쁘다. 살랑살랑 바람에 날려 내 머리 위로 흩날리는 꽃나비가 황홀하다.

언제부터인가 이맘때쯤이면 아련한 그리움에 젖고는 한다. 하늘하늘한 꽃과 연녹색 잎이 함께 나오는 산 벚꽃을 보노라면 내 어린 날 꽃무늬 찍힌 포플린 원피스가 눈앞에 떠오른다. 올을 하나하나 셀 듯이 손질한 정갈한 원피스를 입게 되는 날이면 엄마의 잔소리가 먼저 시작되는 날이기도 했다. 더럽히지 말고 깨끗하게 입으라던 엄마의 잔소리가…….

나이가 들면서 봄바람에 날리는 작은 꽃잎을 마주할 때면 어김없이 찾아드는 내 어린 날의 추억 속 예쁜 꽃무늬 원피스도 그립지만 엄마의 카랑카랑한 목소리에 실린 잔소리가 애타도록 그리워진다.

밤새 봄비 곱게 다녀간 아침이면, 우물 옆 소박한 꽃밭에는 연초록 옥잠화 잎이 구슬을 이고 아기 손바닥만큼 넓어져 있고, 노란 수선화 옆에는 분홍색 금낭화가 주머니를 잔뜩 부풀려서 자태를 뽐내고 있었다.

길게 가시 돋은 가지에 노랗게 달린 달곰한 골담초 꽃을 따다가 사금파리 그릇에 소꿉놀이할 적에 앞마당에는 노랗고 하얀 병아리 떼가 어미 닭을 쫓아 종종걸음을 친다.

마루 밑에 길게 엎드려 낮잠 자던 멍멍이가 느닷없이 벌떡 일어나더니 짓궂게도 한차례 길을 갈라놓으면 혼비백산 흩어진 병아리 떼를 모으는 어미 닭의 모습을 그려 보면서 아득히 멀어져간 시간을 반추해 본다.

이제는 멀리 달아나 버린 시간을, 아니 떠밀려서 여기까지 온 듯 서러운 세월에 투정을 부려 본다. 살랑대는 봄바람에 나부끼는 꽃잎을 보면서 고향 집 앞마당의 봄을 그리워한다.

이 봄이 지나면 또 하나의 소중한 추억이 그리움 되기를 기대하면서.

= 2018년 4월 17일 =

잊혀 가는 명절

오늘이 음력 5월 5일 단오절이란다.

단오는 우리나라 4대 명절(설·한식·단오·추석) 중 하나이며, 옛날 농경사회에서 모내기를 끝내고 풍년을 기원하는 제사를 지내는 날이었다고 한다. 그 예로 강릉 단오제가 유명하다. 하지만 오늘날, 단오를 명절로 여기고 지키는 일은 거의 없어졌다.

아득히 멀어져간 시간 속에 모락모락 피어나는 추억의 그림자가 저녁연기 깔리듯 스멀스멀 그리움으로 차오른다.

내 어릴 적 단오는 전날부터 준비가 시작되었다.

동네마다 청년들이 볏단을 모아 그넷줄을 꼬아서 동네 어귀나 마을 뒤편 언덕 위 이미 선택된 나무에 그넷줄을 드리운다. 어른들은 그넷줄이 비에 젖으면 장마가 길어진다고 비가 오지 않기를 기원했다.

단옷날엔 앞마당 감나무 그늘 아래 들마루(평상)에 온 가족이 모여 앉아 오손도손 명절 음식 준비에 분주했다. 큰 가마솥에는 닭개장이 펄떡거리며 먹음직스럽게 끓고 있고, 큰 양푼 속에는 갓 쪄

낸 새파란 쑥떡 뭉치가 침을 삼키게 한다. 쑥떡 뭉치에서 알맞게 떼어 낸 떡을 도톰하고 동글납작하게 손바닥으로 토닥토닥 만들어 볶은 콩가루를 당글당글 묻히면 고소한 냄새가 온 집을 휘젓고도 남는다.

그뿐이랴, 오늘날은 사시사철 먹을 수 있는 미나리를 어른들은 이날이 미나리 환갑이라 해서 새파랗게 데쳐서 참기름에 무쳐 밥상 한자리에 꼭 올렸다. 가마솥 아궁이 빨간 불 위 석쇠에는 자글자글 기름이 끓는 꽁치 굽는 냄새가 집 안 가득하다. 한발 물러서기는 했지만 고양이도 멍멍이도 간절한 눈빛으로 주인의 처신을 기다린다.

엄마는 우물가 꽃밭에서 천궁을 뜯어 머리에 한 가닥 꽂으신 다음 빨랫줄에 널어 말리신다(천연 방충제로 사용). 우물가 앵두나무에는 빨갛게 잘 익은 앵두가 다닥다닥 탐스럽게도 열려 있다. 한 보시기 따다가 물에 씻어 건지면 앵두 위에 맺힌 맑은 구슬은 햇빛에 어찌나 곱고도 영롱했던지 실에 꿰어서 목에 걸면 그보다 더 예쁜 보석 목걸이는 없을 거로 생각했었다.

할머니가 한 가닥으로 땋아 주신 머리에 어머니가 꺾어 주신 천궁을 꽂아 빨간 갑사댕기 드리고 모처럼 얻어 입은 단오빔에 한껏 부풀어 친구들이랑 함께 팔랑팔랑 나풀나풀 그네에 몸을 싣는다. 앞으로 나갈 때는 앞집 담장 안에, 뒤로 갈 때는 뒷집 담장 안의 은밀함이나 보는 듯이 바람을 타고 나뭇가지 사이로 소리치며 오르면 초여름 더위는 멀리 달아나고 그네 아래 모인 동네 언니, 오빠, 친구들의 왁자한 웃음소리가 함께 흩어진다.

풍물패들이 이 동네 저 동네 다니면서 한바탕씩 홍을 풀어 놓고, 부락별로 뽑은 남녀 대표선수들이 한자리에 모여서 그네뛰기 대회가 시작되면 모여 섰던 구경꾼들의 함성이 오르는 그넷줄을 따라 허공으로 퍼진다. 일등상은 양은 솥, 이등 상은 양은 냄비, 소박한 상품에도 우리 동네 이기라고 목이 쉬도록 소리 질러 응원한다. 저녁이면 면사무소 앞 느티나무 아래에서 노래자랑도 열렸었다. 오늘날 잊혀 가는 단오가 내 유년 시절에는 아름답고도 풍요로운 명절이었다.

오늘이 단옷날이다.
아련한 그리움이 버거워서 가슴이 먹먹해진다.
보고 싶다.
유년을 함께했던 그리움 속의 그 사람들이.

나무 책상

자그마한 앉은뱅이책상에
가지런히 정리된 낮고 작은 책꽂이가 때로는 그리웠습니다.

꿈 많던 소녀 시절
옥스퍼드 헝겊에 곱게 십자수 놓은 책상보를
빳빳하게 풀 먹여 곱게 다림질해서 책상 위에 덮고
그 앞에 앉으면 흩어졌던 마음이 한자리에 모였습니다.

비 내리는 가을밤 까만 어둠 속에 처마 물 떨어지는 소리
가물가물 흔들리는 호롱불 마주하고 앉으면
고요하고 호젓함에 행복했습니다.

올봄에 나는 생각지도 않았던 나무 책상을 선물로 받았습니다.
고향 동생이 나에게 선물하려고
그동안 마음에 드는 책상을 늘 살폈다는 겁니다.

단아하면서도 멋스러운,
내 마음에 쏙 드는

선비책상이 나에게 온 날
난 너무 좋아서 고맙다는 인사도 잊었습니다.

이 방 저 방 끌고 다니면서 자리 찾기에 바빴습니다.
귀퉁이에 몇 권의 책을 올려놓고 공책과 필기구도 가지런히 놓았습니다.

갑자기 내가 한 품격 올라간 듯 기분이 으쓱했습니다.
할 일이 없어도 하루 한 번씩은 그 앞에 앉아보는 버릇이 생겼습니다.
물걸레로 닦고, 마른걸레로 또 닦고 손바닥으로 어루만지듯이 또 닦습니다.
반들반들 윤기 나게 길들여서 함께 윤기 나게 살아보렵니다.

= 2013년 봄 =

추억 여행

얼마 전 고향 다녀온 이야기를 좀 하고 싶습니다. 매달 한 번은 고향을 가리라는 자신과의 약속을 지키려고 고향 길에 나섰지요. 이번 고향 나들이에는 어린 시절 같이 뒹굴던 친구 두 명이 동행했답니다. 결론부터 말하자면 3박 4일 동안 우리는 고향 집에서 무지무지하게 즐겁고 행복했답니다.

어린 시절 소풍 다니던 곳을 찾아서 동심으로 돌아가 보기도 하고, 까만 고무신에 고무줄 치마 입고서 쫑쫑 땋은 갈래머리 앞으로 내리고 사진 찍던 곳에서 폼도 잡아보았습니다.

마루 끝에 앉아 별이 쏟아지는 여름밤 하늘을 머리에 인 채 그리움이 묻어나는 노래들을 목청껏 불러대기도 하고, 가물가물 멀어져 가던 옛 이야기를 하면서 아직도 크게 웃을 여유가 남아 있음에 너무너무 감사했습니다.

어린 시절 떨어지지 않는 눈 비비면서 싸리비 들고 새마을 노래와 함께 조기 청소하던 골목길을 요리조리 다니면서 그때 하던 그 행동으로 남의 집 대문을 기웃거리고, 지금은 비어 있거나 다른 사람이 사는 옛 동무들 집도 모두 모두 찾아보았답니다. 투병 중인 친구를 찾아서 짧은 시간이지만 아픔을 같이하고 빨리 쾌차하기를 진심으로 빌었습니다.

우거진 숲 사이로, 연녹색의 어린 벼가 자라고 있는 들판으로, 우리들의 이야기가 묻어나는 동네 골목길로 사춘기 시절 '가시내'로 돌아가서 마구 헤매고 다녔습니다.

팔순이 넘으신 어머니께서는 천방지축 까불어 대는 딸년들을 자애로운 눈빛으로 바라보시면서 흐뭇해하셨습니다.

부족한 자식을 항상 자신보다 아끼시는 내 어머니가 계시고,
아버지의 빈자리에서 든든한 버팀목이 되는 내 오라버니가 계신 곳,
언제 가도 변함없이 반갑게 맞아주는 내 올케가 기다리는 따뜻한 고향 집.
이런 고향이 있음에 항상 감사하면서 그곳으로 돌아갈 날을 준비한답니다.

고향은 어머니의 품속처럼 언제나 변함없이 따뜻한 곳이었습니다. 이번 여름 모두 고향에서 추억여행을 준비하지 않으시겠습니까?

= 2004년 07월 30일(《예천신문》 게재) =

그때 그 소리 그리운 소리

나른한 봄날 토요일 오후
집으로 돌아가는 길
친구들은 먼저 가고 혼자서 타박타박
신작로를 걷는다.

가깝지 않은 7~8㎞(약 20리) 통학 길
길 위에 아지랑이 아물아물 피어오르고
아카시아 향기 바람결에 살짝살짝 코끝을 스쳐 갈 때
멀지 않은 곳에서 들려오는
구슬픈 소리
'뻐꾹 뻐꾹~'
뻐꾸기 울음소리
호젓한 시골길은
나만의 길

나른한 오후 무거운 눈꺼풀은 내려와 감기고
꿈결인지 생시인지
멀리서부터 점점 가까워지는 소리

엿장수 너스레 떠는 소리
'짝 잃은 고무신이나 깨어진 양재기
찌그러진 냄비나 빈 병도 받아요.'
동네 개구쟁이 불러 모으는 소리
엿장수 가위 장단 소리
추억의 창고에 묻혀 있던 그리운 소리

긴 시간이 흘렀어도
특별한 주문을 외지 않아도
한가한 시간이면 금방 불러낼 수 있는
그때 그 소리가 들리는 듯하다.

냉장고 없던 더운 여름날
뜨거운 폭염에 귀가 번쩍 뜨이는
반가운 소리
'아이~스~케키 얼음과자~'
한쪽 귀퉁이 물 조르르 흐르는
나무통 속에 달콤하고 시원한
아이스케키 장수의 외치는 소리
꼬맹이들이 제일 반기는 소리

여름밤 은하수 길게 흐르고
쏜살같은 유성이 머리 위를 지나칠 때
앞 들판 볏논에서 들려오는 소리
'개골개골개골개골'
개구리 소리

가족들의 합창인지
불효자의 통곡인지
여름밤을 하얗게 지새우던 소리

겨울밤 까만 어둠을 깨고 들려오는
'차 압 싸 알 떠 억~'
'다다다닥'
골목길에 아이들 뛰어가는 소리
까만 하늘 쳐다보고
'컹 컹 컹'
짖어대는 우리 집 차돌이의
충성 어린 소리

아련하게 그리운
그때 그곳을 더듬어 본다.
정답고 그리운 추억의 소리
구수하고 푸근한 위로의 소리

장마

꾸물꾸물한 하늘에 후텁지근한 장마철이다. 우리나라는 중위도에 위치해서 4계절이 나타나고 계절에 따라 기온의 차가 크다. 그리고 계절마다 부는 바람도 달라서 이를 계절풍이라고 한다. 여름에는 남동쪽에서 덥고 습한 바람이 불고 넓은 태평양이 있는 곳에서 남동 또는 남서 계절풍이 불어온다.

고온 다습한 계절풍의 영향으로 우리나라는 여름철이면 장마가 찾아온다. 보통 6월 하순에서 7월 하순까지 많은 양의 비가 내리는데 올해는 장마 전선이 북상한다는 기상예보가 있었지만, 서울은 거의 비가 오지 않고 오히려 가물다고 할 지경이라 사람들은 비가 오기를 기다린다. 그런데 태풍 다나스의 영향으로 오늘은 비가 오신다.

비 오는 날 한가하게 빗줄기를 세고 있자니 비 오는 날의 추억이 꿈틀대면서 되살아난다. 면부에 사는 우리 촌뜨기들은 중학교부터는 읍내로 나가야만 했다. 이용할 교통수단이 없었기에 우리 여학생들은 읍내까지 7~8㎞(약 20리) 길을 걸어서 등교해야만 했다(남학생은 더러 자전거를 이용했다).

장마가 지거나 몹시 추운 겨울철에는 여간 힘이 드는 일이 아니었다. 특히 비가 많이 내리는 장마철에는 냇물이 불어나서 등교를 해야 하나 말아야 하나 전날 저녁부터 걱정으로 잠을 설쳤다. 가만히 앉아서 결석할 수는 없으니 우리는 쏟아지는 비를 가르고 냇가까지는 가야 했다. 시뻘건 황토물이 굽이쳐 내려가는 물가에는 물소리에 기가 눌려버린 먼저 온 남녀 학생들이 웅성거리면서 모여 서 있다. 물의 흐름과 양에 따라 물을 건넌다, 안 건넌다가 결정되고 우리는 선배 오빠들의 판단을 따라 함께 행동했다. 선배 언니, 오빠들과 옆으로 길게 손을 잡고 인간 띠를 만들어서 물을 건너기도 하고, 가방을 머리에 이고 건너기도 했다. 어떤 때는 머슴아저씨가 업어서 건너 주고 되돌아가시기도 하는, 요즈음은 생각지도 못할 고난의 등굣길이었다. 때로는 생활부장 선생님께서 물 건너편에 나오셔서 집으로 돌아가라고 손짓 발짓과 함께 소리소리 지르셨지만 그 소리는 모처럼 힘을 자랑하는 황토 물이 삼켜 버리곤 했다. 또 어떤 때는 등교 후 소나기가 쏟아져서 냇물이 불어날 염려가 생기는 날엔 수업 시간에 스피커를 통해 용문 방면에서 통학하는 학생들은 하교 준비를 해서 중간 운동장 도토리나무 아래로 나오라는 방송이 나온다. 이런 날은 수업을 접고 냇물이 붇기 전에 인솔 선생님을 따라 하교했다. 그런 날 우리는 횡재한 기분으로 좋아했고 교실에 남아 있는 읍내 친구들은 우리를 부러워하기도 했다. 한번은 물을 건너던 선배 언니가 물살에 휩쓸려 떠내려가다가 구조되는 사건도 있었다. 아무튼 장맛비는 우리 통학생들에게는 엄청난 장애물이었다.

그런가 하면 장마로 논둑이 터져서 벼가 묻히기도 하고 비 맞으며 캔 감자는 왜 그리도 잘 썩는지 감자 광에는 감자 썩는 냄새가 코를 찔렀다. 그뿐인가? 홍수에 가축이 떠내려가기도 하고 더러는 사람까지 떠내려가서 탈이 나는 일도 있었다. 그야말로 난리가 따로 없이 매년 장마철이면 겪던 물난리는 연중행사였다. 사람들은 하늘만 쳐다보며 장마가 걷히기를 기다렸다.

그런가 하면 또 한편으로는 비가 와서 들일을 못 하는 한가한 날은 날궂이로 비 오는 날의 한가함을 즐기기도 했다. 제철에 나는 호박과 감자, 고추 등으로 적(전의 사투리)을 부쳐서 점심을 대신하기도 하고, 가마솥에 감자와 함께 강낭콩이나 완두콩을 넣고 함께 삶아서 설탕(혹은 사카린)을 넣고 투박한 나무 주걱으로 척척 이겨서 먹으면 어찌 그리도 맛있었는지 지금도 그 맛이 그리울 때가 있다. 그뿐인가? 썩은 감자를 삭혀서 앙금을 내어 만든 감자가루(녹말가루)로 송편을 만들어 가마솥에 싸리 채반을 얹고 그 위에 베 보자기 깔고 쪄내면 투명하고 반들반들한 모양새에 목구멍으로 침이 꼴깍 넘어가고, 한 입 베어 물면 입속에서 쫄깃쫄깃한 식감에 반하게 하는 장마철 날궂이 음식으로 최고라 할 수 있다.

이렇듯 흘러간 시간 속의 기억들은 그리움으로 잉태되고 그리움은 건조하고 팍팍한 일상을 부드럽게 하는 윤활유 역할을 한다. 지금 이 시간이 지나가면 또 하나의 아름다운 그리움이 만들어지기를 소원해 본다.

= 2019년 7월 =

명절을 기다리는 건

어린 시절 명절이 기다려졌던 건
일가친척 모이는 게 좋았던 거지
먹을 것 많아서 좋았던 거지
행여나 새 옷 하나 생기지 않을까?
새 양말이라도!
기다리는 그 마음이 좋았던 거지

불린 쌀을 아낙들이 머리에 이고
바쁜 걸음으로 떡 방앗간 다녀오면
따뜻한 아랫목 커다란 너르기에서
시큼 달콤 쌀 반죽 발효되는 냄새
밤새워 쪄낸 기지 떡(증편) 위에는
빨간 맨드라미꽃이 환하게 웃고 있었지
배릿한 파란 콩 속 넣어서
솔잎 위에 쪄 낸 송편
찬물에 건져서 고소한 기름소금 발라 입속에 쏙 넣으면
솔향기 입 안 가득 잊지 못할 맛이었어.

땅콩 볶아 껍질 벗기고
추자(호두) 까서 준비하고
모양 나게 깎은 조각 같은 하얀 밤
맑은 물속에 목욕재계 기다리고
은근한 장작불 위 무쇠솥뚜껑엔
지글지글 배추전이 익고 있었지
고소한 기름 냄새 집 안에 그득하고
채반 위엔 가득히 고운 정성 쌓였었지

사람 소리, 개 소리, 동네 조무래기들 소리
이 골목 저 골목 왁자지껄하고

선동에서 내려오는 고운 단풍을
앞내 뒷내 볏논에서
잘 익은 벼 이삭이 마중을 하고
멋쩍은 허수아비는 멀거니
먼 산 보고 춤을 추었지

= 2006년 추석에 =

모교 운동회

하늘은 그때처럼 높고 파란데
햇살도 그때처럼 눈부시게 빛나는데
넓은 운동장에 가득하던 함성은
어디로 숨었을까?

이 골목 저 골목 푸짐한 점심 보따리 머리에 이고
바쁜 걸음으로 교문을 들어서던
아지매, 아재들
장롱 속에 횃대 위에 손질해 걸어둔 나들이옷
곱게 차려입고
온 가족 함께
운동회 가던 날은 동네잔치 날

운동장 고목 아래는
보따리 장사꾼들의 잡다한 물품들이 바닥에 펼쳐지고
가마솥에는 닭개장이 펄떡펄떡 끓고 있었지.
옥자네 고구마가 달다던데, 영자네 땅콩이 알이 굵더라.
옥순이네는 감도 삭혔다던데, 영식이네는 술빵도 쪘다더라.

온 동네가 잔치 준비로 술렁거렸었는데

강산이 네 번이나 변한 모교의 운동회 날
넓은 운동장에 오밀조밀 모여 앉은 꿈돌이 꿈순이는
모두 합쳐서 쉰일곱이라네.
운동장엔 어디선가 들려오는 듯
그날의 함성!
소백의 정기 받은 영남건아 우리들!

청군 이겨라! 백군 이겨라!
환청을 떨치고 고개 들어 바라보니
솔 둥지에 앉아서 응원하는 구경꾼은
지팡이에 의지한 할아버지 할머닐세.
하늘에는 만국기가 펄럭이고,
운동장엔 흰 줄이 선명도 하다.
청백 계주 전력 질주
목 터져라 응원하던 일천 건아들
그때 그 함성 모두가 사라졌네.
이러다가 우리 모교 폐교되면 어쩌나
아쉬운 마음에 잔치 기분 달아나고
어쩌지도 못할 일에
답답해진 마음으로 운동장을 나선다.

= 2006년 9월 22일(용문초등학교 운동회를 보고) =

이렇게 귀한 달력은 처음입니다

궁금한 마음에 확인도 않은 채
돌돌 말아서 꼭꼭 싸진 등기 우편물을 뜯습니다.
뜯다가는 찾아봅니다. 보낸 이가 누군지를.
영주 우체국?

2005년 장수 사일회,
가슴 밑바닥에서 뜨거움이 왈칵 솟구칩니다.
반가움과 감사와 또 감동이…….
33년 전의 얼굴들이 달력 속에서 세월을 뒤집어 놓습니다.
마지막 장의 졸업 사진에서 그때의 얼굴들을 찾아봅니다.
솔직히 기억나는 얼굴들이 그리 많지는 않네요.

1971년, 첫 교직 생활을 시작했던 곳
경상북도 영주 장수면 장수국민학교(그때의 명칭).
그것도 2학기에 잠깐 맡았던 4학년 3반 어린이(지금은 40대 중반)들이 그때의 추억을 담아서 달력을 만들어 보내왔습니다.

무얼 어떻게 했었던가?

미안함과 부끄러움이 겹치면서 얼굴이 뜨거워집니다.
기억의 곳간에 깊숙이 숨겨놓고 가끔 꺼내 보던
내 초임지의 가슴 떨리던 첫 만남을
새해의 달력 속에서 지금 만나고 있답니다.

내 평생에 이렇게 귀한 달력 또 가져볼 일 없을 것 같기에
여기저기 자랑하고 오래오래 잘 간직할 겁니다.

41년 전 제자에게서

2012년 5월 14일

아침부터 조용히 봄비가 내린다.

향긋한 커피 향에 비까지 내리는 한가한 오후

휴대폰 신호음이 울렸다.

굵직한 목소리의 젊은 남자다. 전혀 기억에 없는 목소리기에 누구냐고 물어보았다.

긴장했는지 약간 더듬거리면서 묻는다.

"변혜영 선생님이십니까?

초임에 맡았던 4학년 3반 제자 권○○입니다.

혹시 기억하십니까?"

갑작스러운 일에 깜짝 놀란 나도 엉거주춤 더듬거리면서,

아~. 기억하고말고.

50이 넘은 제자에게 무슨 말을 어떻게 대꾸해야 할지 반가우면서도 당황스러워서 머뭇거리고 있으려니 모교에서 체육대회가 있어서 갔다가 친구들이랑 이야기 끝에 4학년 때 담임을 찾기로 했단다.

내일이 스승의 날이니 꽃이라도 보내겠다고 주소를 묻는다.

나는 한사코 사양했다.

그깟 꽃이 뭐 그리 대단한가?

41년 만에 걸려온 전화 한 통에 이렇게도 행복한걸.

2012년 5월 15일

어제에 이어 오늘 또 한 통의 메시지가 왔다.

부재중 전화의 장본인인 줄 알고 열어보았더니 이번에는 류○○.

안부를 묻고 또 다른 제자들의 근황도 듣고~.

올해 스승의 날은 특별한 날이 되었다.

갈팡질팡 부족했던 초년생 담임 선생님을 기억하고 찾아준 제자들이 감사하다.

모두 어디서든 건강하고 행복하기를 기원한다.

호박잎 사랑

추석 차례를 모시고 서울로 오는 차 시각까지는 여유가 좀 있었다.

부엌에서 커피를 마시면서 이런저런 이야기를 나누는데 둘째 질부가 호박잎 좋아하지 않느냐고 묻는다. 부지런하신 큰형님께서 집 앞 언덕배기에 흙이 보이는 곳마다 열심히 파고 심어 놓은 호박 넝쿨을 향해서 우리는 시꺼먼 비닐봉지를 하나씩 들고 나갔다.

올해는 호박잎다운 호박잎을 먹어 보지 못했다. 더운 여름 푹 퍼진 보리밥을 누렇게 찐 호박잎에 한 숟가락 얹어서, 짭짤하게 끓인 된장을 얹어 싸면 손가락 사이로 물이 흐르는 호박잎 쌈이 여름의 별미였었는데…….

호박잎 쌈이 넘어가는 것 같이 고향의 맛이 그리운 날 시장에 가서 호박잎 한 단을 샀다. 거금 2,000원이나 주고. 집에 와서 다듬어 보니 거칠어서 쌈으로는 먹을 수가 없어서 버린 걸 생각하면 보들보들한 호박잎을 따지 않을 수가 없었다. 부드럽고 싱싱한 호박잎이 어찌나 탐스러운지. 욕심에 주시는 대로 가지고 왔지만, 누구 먹을 사람이 있어야 말이지.

부드러운 것은 쪄서 원 없이 쌈으로 먹고, 남은 것은 따로 신문

지에 말아서 비닐봉지에 담아 김치냉장고에 넣었다. 나머지는 잘게 뜯어 진초록의 물을 빼고 꼭 짜서 냉동실에 넣었다.

오늘 아침 냉동실에 두었던 호박잎을 내어 콩가루 국을 끓였다.

다시마 멸치 국물을 내고, 재래식 간장으로 간을 맞춘 다음 호박잎에 날콩가루를 뽀얗게 묻혔다. 내 어릴 적엔 박 바가지에 콩가루와 호박잎을 담아서 바가지를 툭툭 치며 까불어서 콩가루를 골고루 묻혔었는데, 난 플라스틱 용기에 숟가락으로 뒤적이고 있다. 아무튼 뽀얗게 콩가루를 뒤집어쓴 호박잎을 보글보글 끓는 멸치 국물 속에 조심스레 집어넣고 뽀얀 콩가루가 넘치지 않도록 지켰다.

콩가루 국에는 된장이 있어야 제맛을 낸다고 늘 말씀하시던 어머니의 가르침대로 된장에 청국장을 섞어서 된장찌개도 끓였다. 또 있다. 고추장이 빠지면 안 된다.

구색 맞춰 한다고 했는데 다 해 놓고 보니 빠진 것이 있네. 호박잎국에 애호박을 듬성듬성 몇 칼 채 썰어 넣으면 한결 맛이 있던데.

우리 부부는 마주 앉아 밥 한 공기를 국그릇에 뒤집어엎어서 된장 고추장을 적당히 넣고 비벼서 입이 비좁도록 한 그릇 뚝딱 먹어치웠다. 우린 어쩔 수 없는 촌놈이다. 오늘 아침 식단은 목구멍에 때 잘 닦고, 대장 청소 잘 하고, 고향의 맛까지 음미하는 아주 만족한 식단이었다. 이보다 맛있는 음식이 어디 또 있을까? 산해진미가 있다 한들 어린 날부터 먹고 자란 입이 기억하는 그 맛을 어찌 당하겠는가? 포근하고 정다운 고향 이야기는 덤으로 따라 오는걸.

호박잎을 따준 두 질부에게 감사의 인사를 보낸다.

남해 여행(여행 첫날)

부드러운 햇살이 고르게 퍼지는 상쾌한 아침이다. 친구들과의 2박 3일 여행 시작!

지난 2년간의 해외여행에 이어 세 번째 진행되는 칠순 여행이다. 초등학교 동창 친구들은 나이가 많게는 서너 살까지 차이가 난다. 옛날에는 유치원도 없고 집에서 찡찡거리며 까탈을 부리니 교사로 계시던 사촌 언니가 청강생으로 데려가 본 것이 그대로 다니게 되어 지금의 친구들을 만나게 된 행운을 얻었다.

가족과 다를 바 없는 고향 친구들 13명이 관광버스에 올랐다. 잔뜩 모양들을 내서인지 밝은 얼굴들이 내 눈에는 칠십은커녕 아직 건강하고 이쁘기만 하다. 어제 보고 오늘 또 봐도 반갑고 할 말이 많은 터라 분주하게도 인사말이 오간다. 환하고 즐거운 모습에서 우리들의 칠순 여행은 이미 성공을 예감케 했다.

첫째 날의 여행지는 순천이다.

우리는 순천만 나무 데크를 걸으면서 하하 호호 즐겁기만 하다. 개구 진 친구는 그 길을 그냥 걸을 리가 없다. 앞서가는 다른 일행들에게 엉뚱한 질문을 던지니 대답 또한 엉뚱하게 돌아온다. 모두 배를 잡고 웃는다. 일상에서 벗어났다는 것이 한없는 자유를 선물

하나 보다. 모두 만세라도 부르짖듯 기운이 펄펄하다. 나이는 숫자에 불과하다는 말이 맞기는 맞다.

세계 3대 습지로 꼽히는 순천만을 걸은 뒤에 먹는 점심은 꿀맛이 따로 없다. 남도 음식답게 푸짐하고 맛난 꼬막 정식으로 옆구리 터지도록 점심을 먹었다. 오후 일정으로 탄 여수 오동도에서의 모터보트는 첫날의 하이라이트였다. 오동도를 한 바퀴 돌아오는 코스였는데 센 언니들이 "좀 더 세게"를 연발하는 덕분에 스릴 만점이었다. 짜릿함에 취해서 맘껏 소리를 지르니 온몸에 쌓인 노폐물이 모조리 몸 밖으로 쏟아지는 듯했다. 목이 터져라 소리 지르고 웃었다. 짭짜름한 게장 정식으로 저녁을 먹고 여수의 밤바다를 눈 아래에 감상하는 케이블카에 탑승해서 멋진 여수 밤바다를 바다 위에서 감상하는 호사를 누렸다.

낮 일정을 마친 첫날 밤에 7순 사추기 여인들이 완전한 사고를 치고 말았다. 빠진 배꼽 찾느라 서울로 돌아오지 못할 뻔한 사건이었다. 여수 밤바다에서 받은 하늘하늘한 감성을 주체 못 하는 이쁜 할매들이 조용히 자겠는가? 한없이 편한 자세로 모두 한 방에 모였다. 소풍 때나 하고 잊었던 번호 맞추기 게임이 시작됐다. 시작부터 터지기 시작한 웃음은 벌칙을 거듭할수록 배를 움켜쥐게 만들었다. 그중 가장 큰 공을 세운 것은 평소에 선한 웃음으로 그저 고개만 끄덕끄덕 매사에 '오케이' 하던 친구의 동물 소리 흉내 내기였다. 얼마나 웃었던지 배를 쥐고 데굴데굴 굴렀다. 배꼽 빠진다는 말을 어떤 때 사용하는 건지 경험하는 사례가 됐다. 13명 친구 모두가 웃음을 멈추지 못해 병원에 실려 갈 위기에까지! 겨우 정신 차리고 빠질 뻔한 배꼽을 정비한 다음 여러 명이 한 방에 널

브러져 누웠다. 자다가도 웃을까 봐 걱정하면서.

등을 바닥에 붙이고 누워서 잠을 청한다. 하지만 모두 쉽게 잠들지 못한다. 철없이 지냈던 어린 날의 추억이 이야기책을 읽듯 연속으로 이어진다. 이야기 사이사이 웃다가 혀를 끌끌 차기도 하다가 누군가가 보고 싶다고도 하면서 여행 첫날밤이 깊어 간다. 이 밤을 소꿉놀이 친구들과 함께 잠들 수 있다는 여건에 감사하면서 내일을 기대한다.

= 2019년 5월 2일 =

봄나물

24절기 중 봄의 시작이라는 입춘이 지나기는 했지만 아직은 멀리 있는 듯한 봄이다. 어릴 적 어른들이 하시던 말씀 중에 2월(음력)에도 물독 얼어 터진다고 하셨는데 아직은 추워서 움츠러드는 날씨지만 곰실곰실 봄기운은 다가오고 있었다.

어제는 상암동 월드컵경기장 평화의 공원에 갔었다. 포근한 날씨 때문인지 겨우내 실내 생활에서 벗어나고 싶어서인지 평일임에도 많은 사람이 나와 있었다. 이르기는 하지만 봄기운을 반기면서 말랑말랑한 흙길을 기분 좋게 걸어서 봄 속으로 들어갔다. 양지바른 곳에서는 여린 새싹이 고개를 내밀어 봄을 염탐하고 공원에 조성된 작은 개울에는 물이 흐르고 있었다. 일행은 수다스럽게 봄을 영접하고 겨우내 얼었던 마음을 녹였다.

우리는 주차비가 아깝다고 농산물 도매시장엘 들렀다. 저녁 식탁을 위한 장을 보았다. 이맘때는 뭐니 뭐니 해도 봄나물이 겨우내 무디어진 미각을 일깨우는 데 최고 아니겠는가? 봄나물의 대표 주자 냉이를 한 줌 샀다. 쑥도 사고, 속새(씀바귀) 뿌리도 샀다. 상큼하고 싱싱한 취나물도 샀다. 까만 비닐봉지를 양손에 잔뜩 들고, 주차권도 얻었으니 갑자기 부자가 됐다. 차에 앉기가 바쁘게 요리 강좌가 시작된다. 너도 나도 한마디씩 할 때마다 반찬이 한 가지씩 만들어지니 어느새 진수성찬이다.

집에 오니 작은아들이 퇴근하는 중이라는 전화가 왔다. 부리나케 봄나물을 준비했다. 우선 냉이를 넣고 된장찌개를 끓였다. 집 안 가득 냉이 향이 진동한다. 봄 냄새에 코를 벌름이면서 내 집에 봄을 영접한다. 속새 뿌리를 데쳐서 새큼 달콤 그리고 매콤하게 무쳤다. 곰취는 씻어서 쌈으로 차렸더니 우리 집 식탁에 봄이 가득 와 앉았다.

현관문을 열고 들어서던 아들이 "다녀왔습니다"에 이어 "와! 봄 냄새가 끝내주는데요. 아이 배고파" 한다. 봄나물을 중심으로 우리는 둘러앉아 봄을 먹었다. 밥 한 그릇을 맛있게 뚝딱 먹어 치우는 아들의 입을 쳐다보면서 경건한 마음으로 감사했다.

자식 입에 밥 들어가는 것과 내 논에 물들어 가는 것처럼 보기 좋은 것은 없다고 하시던 우리 할머니의 말씀을 떠올리면서…….

= 2007년 2월 8일 =

감자 모듬

며칠 전 아침나절 택배회사에서 문자 메시지가 왔다. 11시에서 14시 사이에 택배 물품이 도착할 거라는 메시지였다. 그런데 늦은 저녁이 되도록 소식이 없기에 잘못 보낸 메시지인가 하고 말았다.

아침에 내다보니 작은 박스가 문 앞에 놓여 있기에 열어 보았더니 알맞은 굵기에 보기에도 맛있어 보이는 감자가 들어 있었다. 보험회사에서 일하고 있는 옛 동료의 아들이 챙겨서 보낸 것이었다. 그런데 오늘 아침에도 우체국 택배에서 같은 메시지가 도착했다. 물건을 받고 보니 친구가 보내 준 감자였다. 굵고 실한 감자를 보는 순간에 갈아서 전을 부쳐야겠다는 생각이 들었다. 굵은 감자 두 개를 껍질을 벗겨서 강판에 슥슥 갈다가 불현듯이 어린 날 감자 철에 친구들과 모여서 감자 모듬 하던 생각이 머리를 스치면서 파노라마처럼 재생됐다.

먹을 것이 귀하던 '사변둥이'들의 고달팠던, 그래도 즐거웠던 어린 시절의 추억 하나. 나른한 초여름, 길고 긴 해가 지루했던 우리는 무얼 하고 놀면 재미있을까 궁리를 하고 있었다.

하지가 지나고 감자 캐기가 끝나면 우리는 감자 모듬이라는 걸

했다. 어린 나이에 어떻게 그런 생각을 했던지? 초등학교 4학년 때부터였던 거 같다. 물론 나는 친구들이 의견을 내면 따라가는 입장이었다. 우리는 저녁 먹기가 바쁘게 각자 자기 집 광에서 허락받고 감자 몇 알씩을 깨어진 양재기나 바가지 혹은 쇠죽바가지에 담아서 들고 미리 정해 놓은 친구네 집으로 모였다. 달이 밝은 밤이면 더욱 좋았다. 우리는 샘가에 감자 대야를 중심으로 둘러앉아서 굵은 감자는 닳은 놋숟가락으로 긁어서 껍질을 벗기고 알이 작은 감자는 깨끗이 씻은 다음 껍질째 솥에 넣어서 삶았다. 소금과 사카린으로 적당히 간을 하고, 커다란 솥에 타닥타닥 소리 나는 보리 짚을 때서 감자를 삶았다. 감자가 뜸이 드는 사이에 계집아이들은 마당에서 손에 손을 잡고 '여우야, 여우야 뭐 하니'를 소리치면서 술래잡기를 하거나 달밤에 나무 그늘 속으로 몸을 숨겨 술래를 골탕 먹이는 숨바꼭질도 하면서 천방지축 까불어 대고는 했다. 그러다가 감자 솥을 열고 잘 익은 감자를 꺼내서 양 손바닥으로 옮기면서 식기를 미처 못 기다리고 한 입 베어 물면 뱉을 수도 삼킬 수도 없이 뜨거운 감자에 속절없이 입천장만 데고 만다. 솥 바닥에 노릇노릇 누른 감자 누룽지의 달콤하고 고소한 맛과 향을 잊을 수가 없다.

저녁밥을 먹은 후에 놀기는 했지만 또 감자를 먹었으니 부른 배를 어찌하랴. 다시 여름밤의 감자파티 제2막이 시작된다. 철없는 계집아이들은 친구 집 마당에 놓여 있는 들마루(평상)에 누워서 밤하늘을 바라보며 달님 이야기, 별님 이야기를 시작으로 돌아가면서 옛날이야기를 한다. 그러다 달걀귀신, 머리 푼 귀신, 매일 밤 엄마를 부르면서 운다는 아기 귀신 같은 이야기가 시작된다. 누구는 비 오는 날 학교 화장실에서 귀신을 만났다더라, 누구는 누구

네 담 모퉁이에서 도깨비에게 홀려서 재 너머 어디까지 갔다가 왔다더라며 온갖 상상력이 동원된 귀신들과 함께하는 납량특집으로 더위를 쫓으면서 여름밤 파티는 막을 내린다.

별나지도 않은 말에 까르르르 웃다가 금방 토라져서 삐치기를 거듭하면서도 헤어지지 못하고 밤하늘의 별을 세면서, 개구리의 합창에 화답하던 소박하고 순수했던 어린 날의 내 친구들.

타임머신을 타고 철부지 계집아이 시절로 다녀오는 동안 갈아서 받쳐 놓은 그릇에는 녹말이 앙금으로 가라앉았다. 윗물을 따르고 감자 건더기를 섞은 다음 청양고추를 송송 썰어서 반죽에 넣었다. 프라이팬에 노릇노릇 익어 가는 감자전을 부치면서 정과 추억을 함께 포장해서 보내 준 친구에게 고맙다 전한다.

추억은, 까맣게 잊었다가도 살짝 터치만 하면 바로 재생이 되고, 잊으려 애를 쓴다고 해서 잊히는 것도 아니다. 달아난 듯, 빼앗긴 듯, 밀려서 온 듯 세월이 억울해질 때 가끔씩 열어 보는 지난날의 사진첩 같은 것인가?

2020 버킷리스트를 다시 쓰다

걸으면서 얻는 것

끄물끄물한 날씨에 집 안이 컴컴하니 우중충하다. '어째 날씨가 이 모양이야.'

투덜거리면서 스마트폰에서 오늘의 날씨를 검색한다. 종일 구름이 덮이고 포근하다는 예보다. 오전까지는 초미세먼지가 조금만 있어서 실외활동하기에 좋은 공기 질이라는 정보다. 언제부터인가 날씨를 볼 때는 공기의 질까지 신경 쓰면서 보게 됐다. 일단 미세먼지가 없다는 정보를 입수하면 가벼운 마음으로 운동화를 신고 밖으로 나간다. 약속이 있거나 없거나 밖으로 나가면 걷게 되니까.

약간의 중독 증상이 있는 것 같지만, 걷기는 나에게 몸도 지키고 마음도 지키는 명약이라고 할 수 있다. 걸으면서 얻게 되는 확실한 효과 몇 가지를 적어 본다.

뭐니 뭐니 해도 첫 번째는 체력 향상이라고 할 수 있다.

체력은 우리 일상생활 전반에서 의욕과 활력의 원천이라 할 수 있다. 암 수술 후 회복을 위해서 새벽 4시 반만 지나면 병원 복도를 링거 주사걸이를 밀면서 뺑뺑이 돌았다. 휘청휘청 일어서기도 힘들 때 걸음마를 익히듯 매회 걷는 거리를 늘려 가면서 열심히 걸었다. 퇴원 후에는 가까이에 있는 학교 운동장을 걷고 주말에는 아들과 함께 공원을 걸었다. 걷는 만큼 체력이 향상됨을 몸이 증명했고 무엇보다 전신을 바늘로 찌르는 듯한 고통과 경련이 줄어드는 것을 느낄 수 있었다. 봄이 되고 따뜻해지면서 야트막한 산으로 등산을 시작했다. 이미 나는 퇴직 후 등산으로 천식 증세를 호전시킨 경험이 있었기에 더욱 열심히 걸었고 지금까지 그다지 지치지 않는 체력을 유지하고 있다.

또 하나, 정신건강에도 아주 큰 도움이 된다는 것을 직접 경험한다.

화가 몹시 나서 속이 부글부글 끓을 때는 걷는 것이 특효약이다. 처음에는 화가 난 대로 발걸음마저 곱지 않게 투다닥 투다닥 옮기게 되는데, 신기하게도 오래지 않아 화가 가라앉으면서 부글거리던 마음이 조용해지는 걸 느낄 수 있다. 혼자 걸을 때는 아무 생각 없이 멍해져도 좋고, 내 걸음걸이에 집중해도 좋다. 뒤꿈치 발바닥 엄지발가락을 땅에 닿는 순서대로 반복 집중하면서 걷다 보면 신기하게도 어느새 엉켜 있던 마음은 가지런히 정돈되고 땅에 닿는 발바닥의 느낌만 전해지는 것을 경험한다. 많은 명상가나 신경정신과 계통의 전문의들이 쓴 글에서도 스트레스 치료에는 걷기가 최고라는 글을 자주 볼 수 있다.

신경과 명의 이홍석 박사님의 에세이 중에서 '걸으면 마음이 비워지고 단순해진다. 그리고 머리가 맑아진다'라는 내용의 글을 읽은 적이 있다. 때로는 진언을 외기도 하고, 부처님의 명호를 입속에서 부르면서 걸으면 최고의 마음공부가 바로 이것이다 하는 환희를 느끼기도 한다. 내 나름의 명상 수련이다.

마음이 통하는 사람과 함께 걷게 되면 관계가 더욱 돈독해지고 자연스러운 대화로 서로의 어려움도 풀고 위로도 받는다. 상대방에게 상담을 받게도 되고 또 상담자가 돼 주기도 한다. 혼자서 해결하기 힘든 일도 함께 걸으면서 대화하면 어렵지 않게 풀어가는 경우가 종종 있다. 서로를 이해하는 정도가 더욱 깊어지는 계기가 된다.

계절에 따른 자연의 변화를 가까이에서 느끼고 주의 깊게 살피게 된다.

특히 주기적으로 등산을 하게 되면 그때마다 변하는 자연의 색깔에 둔해진 감성도 때로는 주체하지 못할 때가 있다. 작은 풀꽃의 흔들림에 감성이 떨리기라도 하는 날은 들뜬 기분으로 위로가 된다. 그리고 거역하지도 거스르지도 않는 자연의 순환 속에서 각자의 역할에 충실한 순리를 보면서 내 삶을 돌아보고 지금의 내 자리를 확인하는 시간을 갖게 된다. 겸손과 감사를 배운다.

또 빼놓을 수 없는 것이 경제성이다.

최소의 투자로 최대의 효과를 얻는다고 우리는 말한다. 서울 주변을 걸으면 교통비가 들지 않는다. 수강료를 낼 필요가 없다. 필요한 장비는 한 번 준비하면 여러 해를 사용할 수 있고, 식사 대용으로 먹을 것을 조금씩만 준비하면 외식비도 들지 않는다. 이보다 더 경제적인 운동은 없다고 생각한다.

목표한 거리를 걷고 나면 성취감에 자신감이 생기고 기분이 좋아진다.

다음의 걷기를 계획하고 준비하기에 일상이 지루하지 않고 희망과 기대로 하루하루를 보낼 수가 있다. 더욱 중요한 건 우울증이나 치매 같은 노인병도 예방할 수 있다는 전문가들의 보고서가 걷기의 중요성을 입증한다는 것이다.

아직은 걸을 수 있는 두 다리에 감사하고, 지치지 않는 체력에 감사하며, 걸을 수 있는 여유를 느낄 수 있음에 감사한다.

2020년 버킷리스트를 다시 쓰다

한 해가 가고 새로운 한 해의 시작이다.

달력을 바꾼다는 것이 다를 뿐 365일마다 69년간 69번째 반복돼 온 일상이 아니던가? 그럼에도 사람들은 새해라는 낱말에 의미를 부여하고, 계획하고 각오를 다진다. 불안 속에서도 존재를 확인하고 작은 희망을 계획하고 갈구하는 통과의례 같은 것일까? 그건 곧 살아 있다는 증거라는 생각이 문득 든다.

나 또한 어쩔 수 없이 2020년에 몸을 실었다.

현직에 있을 때 일이다. 2020년에 펼쳐질 세상은 어떨지 아이들에게 과학상상화나 글짓기로 대회를 한 기억이 난다. 아득한 미래로 상상하던 2020년이었다. 돌아보니 번갯불에 콩 구워 먹듯이 지나간 세월인가 싶더니 다시 돌아보니 아득하고도 긴 시간이었다. 시간을 관장하는 신이 있어 나에게 만약 특별히 시간을 되돌려준다고 하면 나는 어떻게 할까? 어디까지 되돌아갈까? 말도 안 되는 상상을 하면서 잠깐 고민을 해 본다. 결론은 별로 돌아가고 싶은 생각이 없다.

내 나이 일흔,

70이라는 숫자에 기가 죽는다. 예순 살이 지난 지가 그리 오래지 않은 것 같은데 강산도 변한다는 짧지 않은 10년이 스치듯 지나갔다. 10년이란 시간을 나는 무엇을 했는지 돌아본다. 훠훠 지나간 시간이 허망하다 느껴지니 씁쓸하고 서럽다.

지난 10년, 내 나이 60이 막 되면서 시작된 쉽지 않았던 사건들.

포기하고 싶을 만큼 힘들고 서러운 항암 치료를 시작으로 살기 위해서 죽을힘을 다하는 억척스러운 투병의 힘든 시간이 있었다. 나 스스로도 버티는 데 안간힘을 다하던 그 와중에 남편은 또다시 교통사고로 장기간 입원을 하게 되었다. 그런 상황을 거듭 겪어야 했던 나는 몸도 마음도 지쳐 얼마간 늪으로 빠져들어 가는 듯한 시간을 보냈다. 셋째, 넷째 손주가 태어나고 어린 것이 유치원에 가면서부터 아침저녁 돌봐 주는 일에 즐거움과 활력을 다소 회복할 수가 있었다. 또 내가 꿈꾸고 준비했던 일이었기에 내 나름 기쁨과 보람의 날들이었다.

그런가 하면 두 어머니를 속절없이 보내야 했고, 아깝고도 소중한 남동생까지 보내야 하는 하늘이 무너지는 가슴 아픈 일도 겪었다. 어찌 그것뿐이겠는가? 오빠와 막내가 힘든 병치레를 했고, 소명 의식으로 신명을 바쳐 나랏일에 충실하던 제부가 정치의 소용돌이에서 재판을 받는 어처구니없는 일을 당하기도 했다. 살다 보면 어찌 힘든 일만 있을까마는 힘든 일이 더 크게 자리 잡는 이유 또한 나이 탓일까?

나나 남편이 아직은 큰 병이 없고, 손주들도 건강하고, 자식들이 성실하게 자신의 일에 충실하고, 가끔은 가고 싶은 여행도 가면서 살고 있으니 이만하면 살만하다고 다독이다가도 문득문득 엄습하는 불안함과 외로움에 몸을 떤다. 다가오는 시간이 무섭고 두렵다.

칠십이라는 나이,

많은 생각과 생각 사이를 갈팡질팡 오가는 혼란 속에서 맞는다. 나이는 숫자에 불과하다는 말은 유행가 가사일 뿐, 자신감도 용기도 다시 돌아보게 되는 숫자다. 하지만 헤매다가 보낼 시간이 된다 해도 나는 버킷리스트를 다시 정리하면서 오늘을 마감하고 내일을 계획한다.

이사

살면서 한두 번의 이사를 하지 않고 사는 사람은 거의 없다. 사람들은 말한다. 나이가 들어서 이사하는 건 금기사항이라고. 그런데 역으로 나이가 들어서 자식이나 동기, 혹은 친구가 이사를 가면 남은 사람은 어떤 위기를 맞는가에 대해서 생각해 보는 기회를 갖게 되었다.

50대 초반이었다. 남동생이 멀고 먼 나라로 이민을 간다고 떠나는 날 공항에서 돌아오면서 흐르는 눈물을 주체할 수가 없어 내내 훌쩍거리고 울었다. 그 후 몇 해가 지나도록 안쓰럽고, 보고 싶고, 걱정되고, 허전한 마음에 우울한 시간을 보냈었다.

자식이 성장해서 큰아들이 결혼했다. 아들과 며느리는 직장이 있는 천안에 보금자리를 마련해서 떠났다. 당연한 일이라고, 순리라고 다잡으면서도 머리 따로 가슴 따로 먹먹하고 허전함은 말할 수가 없었다. 다행히도 지금은 가까운 곳에서 살고 있다. 작은아들은 결혼을 하더니 가까이에 살겠다고 걸어서 다닐 수 있는 위치에 둥지를 틀었다. 다행이라 여기고 오가기를 10년, 그러던 어느 날 강남으로 이사를 하겠다며 가버렸다.

또 몇 해 전에는 살갑게 오가던 막냇동생이 어느 날 서울을 떠나 교외에 사는 아들 곁으로 손주도 돌봐줄 겸 이사를 갔다. 서울이 텅 빈 듯 허전한가 하면 세상에 나 혼자 남은 듯 외롭고 쓸쓸하고 가진 것을 다 잃어버린 것 같은 상실감은 이루 다 말할 수가 없었다. 궁금하거나 보고 싶으면 후다닥 가거나 오면 되던 것이 한 발 먼 곳으로 가니 쉬운 일이 아니다. 살면서 겪는 당연한 순리라는 건 상식적으로 다 아는 일이다. 하지만 그렇게 떠나갈 때마다 겪는 상실감과 허전함을 감당하기는 쉬운 일이 아니었다. 때로는 우울증까지 덮치지만 어찌하겠는가? 유난스럽다고 할까 봐, 별나다고 할까 봐, 가야만 하는 이들의 마음 불편할까 봐 냉가슴 앓듯 혼자서 가슴을 쓸어내리며 아무렇지도 않은 듯이 달래고 다독이면서 세월의 흐름을 재촉하고는 했다.

그런데 올가을, 가까이 지내던 친구가 교외로 이사를 갔다. 특별한 일이 없으면 일주일에 두 번은 만나는 사이였다. 우리는 만나면 짧게는 세 시간에서 길게는 너덧 시간을 함께 걸으면서 서로의 마음을 열어 보인다. 해결하기 어려운 일상이나 복잡하게 마음에 깔린 열선 정리부터 시작해서 가정사, 읽은 책 의견 공유하기, 사회적인 이슈, 생활 정보, 서로의 종교관까지 온갖 이야기를 끊임없이 하면서 해결책을 찾기도 하고 위로도 하고 또 위로도 받으면서 체력도 챙기고 올바른 가치관도 다시 돌아보는 시간을 보낸다. 우리는 산을 내려오면서 말한다. 오늘도 마음의 먼지를 털었으니 며칠은 잘 지내겠다고, "감사하다"고 서로 인사를 나누고 헤어진다. 워낙 성품이 바르고 겸손한지라 베풂과 봉사를 숨어서 하는 친구이기에 만남이 기다려지고 함께하면 마음이 따뜻하고 편안한 사람이다. 그 친구가 이사를 간 후에야 내가 얼마나 그에게 의지했었던가를 확인하게 됐다. 한 시간가량 먼 거리로 이사를 하면서 일주일에 두 번 하던 산행이 한 번으로 줄게 되었다. 허전하고 기운이 빠진다. 주변에 사람이 없는 듯 외롭다고 느껴진다. 늦가을 자주 내리는 찬비에 쓸쓸함이 더해진다.

그러고 보니 33년 전 서울로 이사 오던 날 어머니의 모습이 뇌리를 스친다. 유난히도 자식 사랑이 깊으신 어머니다. 1986년 1월 3일 이삿짐 차로 남편은 먼저 출발하고 우리 세 모자는 영주역에서 중앙선 기차를 타고 가야 했다. 정확하지는 않지만 오전 10시쯤에 출발하는 기차였던 것 같다. 이사 전날 오신 어머니는 우리를 배웅하고 집으로 돌아가실 참이었는데 플랫폼에서 손을 흔들며 떠나는 기차에서 눈을 떼지 못하시고 연신 눈물을 훔치셨다. 그때는 몰랐었다. 내 갈 길만 바빴지 보내고 돌아서는 어머니의 속마음은 헤아리지도 못했고 생각조차도 못했다. 그 후에 몇 해쯤인가 시간이 흐른 뒤에 "시집보낼 때보다 서울로 이사 갈 때가 훨씬 섭섭하고 허전해서 힘이 들었다"는 말씀을 하셨다.

지금 내가 그때 그 자리에서 내 어머니의 마음을 헤아려 본다.

이별은 남은 자의 몫이라는 것을 이제야 깨닫는다. 여전히 외롭고 쓸쓸하다.

= 2019년 11월 마지막 날에 =

번개팅

어디선가 맑고 곱게 '나, 봄'이라는 속삭임이 들리는 듯 따스한 날씨다.

입춘과 우수가 지났다고는 하나 아직은 정월인데 포근한 날씨가 이어지고 있다. 봄바람을 타고 마음이 먼저 살랑거린다. 어디 봄맞이라도 갈 곳이 없을까 하던 참에 카카오톡에 '번개팅'이 올라왔다. 이어서 전화가 왔다. 20년 전 청담초등학교에서 함께 명예퇴직한 선배 선생님의 전화였다. 이달 26일은 우리가 퇴임한 지 20년이 되는 날이기에 만나서 자축을 하자고 하셨다. 참 세월은 빠르기도 하다. 그 사이 강산이 두 번이나 변하는 시간이 지나갔다니.

우리는 햇살 따사로운 이른 봄날 미사리에 위치한 깔끔하고 정원이 넓은 한정식집으로 갔다. 모처럼 자신들에게 호사를 시키자고……. 날짜를 기억하고 연락을 주신 선배 선생님께서는 자상하고도 섬세하게 손수 이벤트를 준비해 오셨다. 그제야 예쁘게 하고 오라 하신 메시지의 의미를 알아차렸으니 눈치 없는 이 사람은 돌아갈 수도 없고 이 일을 어쩌나.

준비해 오신 케이크에 초를 꽂고 퇴임 20주년을 새긴 축하 메시지도 꽂았다. 준비는 여기서 끝난 것이 아니다. 등 뒤 벽에는 빨간 하트 모양에 예쁘게 'I LOVE YOU'를 새긴 장식물을 걸어서 축하 분위기를 더욱 띄웠다. 우리는 함께 손뼉을 치면서 자축 노래를 불렀다. 그리고 모두 다 함께 인증 샷을 찰칵! 그다음 혼자서도 찰칵! 혼자 찍은 사진은 분위기에 취해 그나마 화사하게 웃고 있으니 이 세상 끝내고 제자리로 돌아갈 때 마지막 인사용으로 써야겠다고 하면서 우리는 하하 호호 봄 햇살에 화사함을 보탰다.

정갈하고 맛깔스러운 음식으로 입도 호강을 하고 눈도 호강했다. 카페에서 좋아하는 커피까지 마시면서 우리는 소소한 수다로 하루해를 보냈다. 완벽하고 확실한 퇴임 20주년 기념 셀프 축하세미나를 끝냈다.

20년이 지났다는 사실에 깜짝 놀라 가슴을 쓸어내리며 무얼 했나 되짚어 본다. 가슴이 두근거리면서 허허로움까지 겹친다. 허송세월했다는 것에 생각이 미치니 자신이 너무 초라해진다. '아니야, 변혜영 애썼어. 무서운 병을 잘 이겼잖아? 그리고 지금은 건강하니 아주 잘한 일이야. 그리고 이쁜 손주들과 함께한 시간은 또 얼마나 소중하고 기쁜 날이었는데.' 억지로라도 스스로 다독이면서 위로한다.

즐거운 시간을 마련해 주신 영원한 우리의 대장 언니 이 선생님께 감사를 전한다. 늘 함께 즐거웠던 명예퇴직 동료 선생님들께도 고맙다는 인사를 전하면서 10년 후 30년 행사 때도 건강한 모습으로 함께하기를 기원한다.

그때는 예쁘게 차리고 가야지.

= 2019년 2월 26일 =

4월은 간다

개나리 진달래 벚꽃이 지나가고
새하얀 꽃이 산허리를 휘감았다.
눈이 부시다.
좁쌀만 한 작은 꽃잎 다섯 장이 동그랗게 모여서
아기 손톱보다 작은 꽃을 만들었다.
작은 꽃이 오밀조밀 빼곡히 매달렸다.
눈부신 하얀 봄을 가득 안겨주는 4월이다.
깨끗하다. 화려하다.
눈부시다. 예쁘다.
자락 길 언덕배기에서 맞아주는 조팝꽃.

무리 지어 하얗게 피어난
작은 꽃잎의 마중에 황홀해서
"좋구나! 봄이 좋아."
함께 걷던 친구가
"나도."

꽃 무더기 봄 속을 걸어간다.

젊은 날엔 낙엽 지는 가을이 좋았는데
언제부터인가 꽃 피고 새잎 돋는 봄이 좋아졌다면서
세월의 언덕을 힘겹게 걸어간다.

텅 비었던 산자락은 어느새 신록으로 채워져 가고
몇 낮 몇 밤이 더 지나가면
달콤한 향기 담은
아카시아꽃이 반겨주겠지.
나지막한 산은 신록으로 뒤덮이겠지.
화려한 꽃과 함께 4월도 가겠지.

= 2019년 4월 =

무더위

자고 일어나면 아침부터 이글거리는 태양이 땅 위의 모든 것을 다 녹일 것 같이 무섭다고 느껴보기는 처음인 것 같다. 통계에 의하면 작년보다는 열대야도 적고 무더위도 덜하다는데 내가 느끼는 올여름은 더욱 힘이 든다. 평소에 추위를 많이 타고 더운 것은 겁내지 않았는데 더위가 힘들고 견디기 어렵다고 느껴지기는 작년부터다. 에어컨이나 선풍기 바람을 싫어하는 터라 평소에 혼자 있을 때는 그냥저냥 부채 바람으로 더위를 쫓으면서 여름을 보내고는 했었다. 그런데 작년부터는 어쩔 수 없이 전기의 힘을 빌릴 수밖에 없다. 그런데 문제는 에어컨을 사용한다고 해결되는 것만도 아니다.

우선 땀은 식고 시원은 하지만 얼마간의 시간이 지나면 머리가 띵하고 목 뒤가 뻐근하면서 어깨가 시리니 이를 어쩌나? 그런가 하면, 목에 무엇이 걸린 듯 목구멍이 아프고 재채기가 난다. 눈물에 콧물을 훌쩍거리면서 속이 메스꺼운 것이 에어컨 멀미까지……. 불편한 것이 한두 가지가 아니다. 그러더니 어느 날 설사까지 하게 되니 한심하고 부끄러워서 어디다 말도 못 하고 씁쓸한 심정까지 혼자서 꿀꺽 삼키면서 삭혀야 한다.

옛날에는 삼복더위 중에도 우물가 고무 대야에 수박 한 덩이를 풍덩 잠기게 담가서 식힌 뒤에 온 가족이 마루에 둘러앉아 한쪽씩 나누어 먹거나, 겉보리 미숫가루를 커다란 바가지에 타서 한 사발씩 마시면서 여름을 보냈다. 선풍기라는 걸 구경도 못 하던 시절에는 대나무 살에 기름종이를 붙여서 만든 커다란 부채로 설렁설렁 바람을 내면 파리도 모기도 달아나고 더위도 저만큼 물러서고는 했었는데.

인간에게 잔뜩 화가 난 자연의 응징일까, 세계 곳곳에서 이상 기온에, 이상 기후에 시달린다는 방송을 연일 듣게 된다. 그러고 보면 누구의 탓도 아니요 오로지 우리 인간의 탓이라 여겨진다.

연식이 오래된 기계는 탈이 나기 마련이라 어쩔 수 없이 품고 조심조심 다루어 큰 고장 나지 않게 하는 것이 자신이나 자식들에게 도움 되는 일이니 주의해야 할 일이다. 그뿐인가. 지금까지 살면서 아껴 쓴다고 버리지 않고 다시 사용하고 전기도 물도 궁상맞을 정도로 아껴 쓰면서 살았다고 하지만 알게 모르게 지구를 몸살 나게 하는 데 일조한 나 자신을 반성도 한다.

어느 날 초등학교 2학년짜리 손녀의 일기(지구에게)를 읽으면서 우선 편리함에 익숙해져 사는 어른들의 생활에 부끄러움을 느꼈다. 어머니께서 밥솥을 씻을 때 밥풀 한 알도 버리지 않고 손에 받쳐서 입으로 가져가시던 모습이 눈에 선하다. 먹는 음식 버리면 안 된다던 우리의 조상님들. 생활 속에서 그분들이야말로 참다운 환경운동가였다는 생각을 해 본다.

부처님께서는 내가 지은 업보는 반드시 내가 받는다고 하셨으니, 이 또한 우리 인간이 지은 업보를 우리가 그대로 받고 있는 것이리라. 이 여름 무더위를 무사히 잘 넘기고 영그는 가을을 맞이하리라.

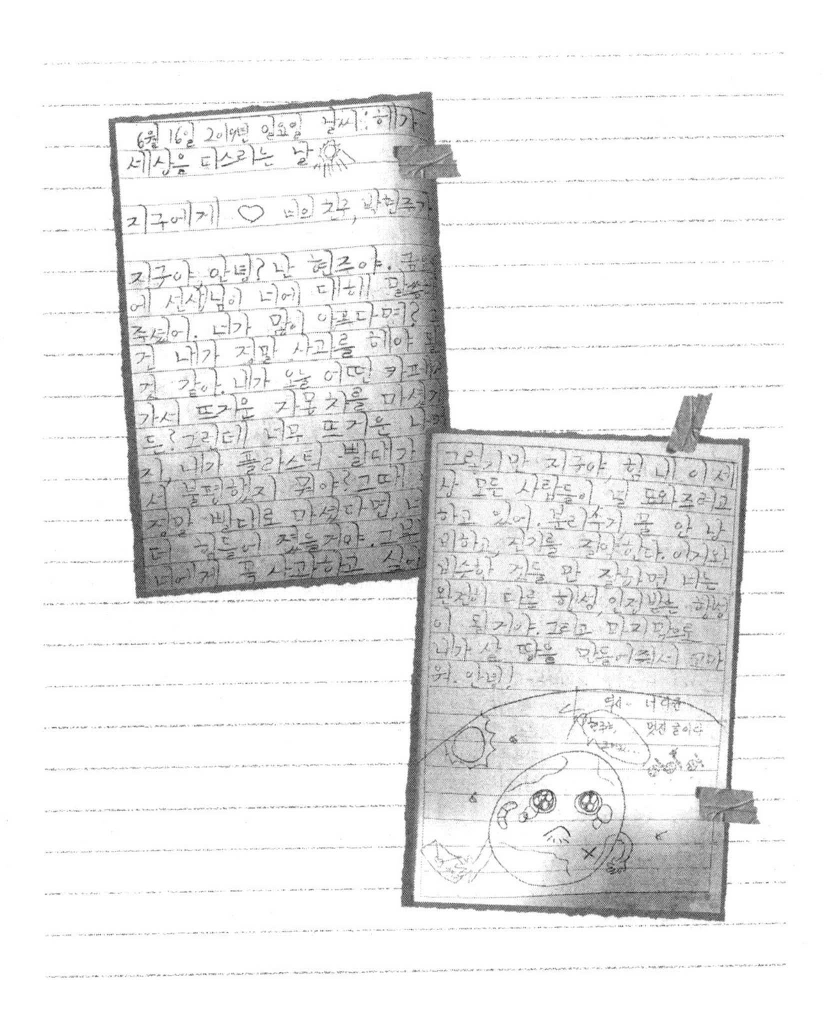
6월 16일 2019년 일요일 날씨: 해가 세상을 디스리는 날

지구에게 ♡ 너의 친구, 박현주가

지구야, 안녕? 난 현주야. 금요
에 선생님이 너에 대해 말씀
주셨어. 너가 많이 아프다며? 그
건 내가 정말 사과를 해야 될
것 같아. 내가 오늘 어떤 카페에
가서 뜨거운 자몽차를 마셨거
든? 그런데 너무 뜨거운 나
지, 내가 플라스틱 빨대가
서 불편했지 뭐야? 그때 내
정말 빨대로 마셨다면, 너
더 힘들어 졌을거야. 그래
너에게 꼭 사과하고 싶어

그렇지만 지구야 힘내 이 세
상 모든 사람들이 널 도와주려고
하고 있어. 분리수거 잘 안 낭
비하고, 전기를 절약한다. 이거와
비슷한 것들만 잘하면 너는
완전히 다른 행성, 인정받는 행성
이 될거야. 그리고 마지막으로
너가 살 땅을 만들어줘서 고마
워. 안녕!

난이 꽃을 피우다

집 떠난 지 한 달 만에 돌아왔다.

두고 간 난이 궁금했다. 추위에 얼면 어쩌나 해서 욕실에 들여놓고 떠났었다.

큰아들이 와서 집도 돌아보고 화분에 물도 두 번 주었다는 소식은 뉴질랜드에서 들었다. 그래도 급한 마음에 제일 먼저 난을 향해 잘 있었냐고 인사하고 들여다보았다.

어머나! 세상에 이렇게 신통할 수가! 화장실에 갇혀 있던 난은 건강한 꽃대를 힘차게 뽑아서 반겨 주고 있었다. 한 달 동안 비워 둔 집에서 혼자서도 제 할 일을 충실히 하고 있었다는 생각에 미안하기도 하고 고맙기도 했다.

뽑아 올린 꽃대에는 다섯 개의 꽃봉오리가 실하게 개화를 준비하고 있었다. 너무 좋아서 "너 작년에는 건너더니 올해는 와 주었네"라고 중얼거리면서 가만히 살펴보았다. 꽃이 피는 자리에 반짝이는 물이 맺혔기에 살며시 만져 보았더니 끈끈한 액체였다. 꽃을 피우기 위한 인고의 노력인가? 며칠이 지나도 꽃잎은 좀처럼 열지를 않는다. 낮에는 내놓고 밤에는 들여놓기를 열사흘째 되는 날, 드디어 한 송이가 꽃잎을 열어 꽃술을 보여준다.

잎 사이에 살짝 숨어
보여줄 듯 말 듯
살며시 웃고 있는
수줍은 너는
오는 것도 조용조용
여는 것도 조심조심
화들짝 웃지 않고
다소곳이 고개 숙여
살며시 웃는구나.

네 앞에 내가 앉아
마주 보길 원하는데
아랑곳하지 않고
눈길 한번 주지 않는
수줍은 새색시

= 2018년 2월 =

My Way

어느 날 오후, 삼성동 봉은사에 다녀오는 길에 무역센터 쪽으로 가게 되었다.

별 마당 도서관을 지나는데 마침 명사 초청 특강이 있다는 포스터가 눈에 들어왔다. 망설이다가 듣고 가기로 마음을 정했다. 백화점에 들어가서 이른 저녁으로 칼국수를 사 먹고 일찌감치 도서관에 가서 자리를 잡았다. 초청 명사는 시인 '이생진' 님이다. 나로서는 조금 생소한 분이고 그분의 시를 읽은 기억이 없다. 강의 제목은 '책 읽으며, 적어도 90은 살아야.'였다.

강사님 소개에 이어 챙이 널찍한 모자를 쓰신 꼿꼿한 할아버지가 인사를 하신다. 아흔한 살이란 숫자가 무색할 정도로 반듯하신 모습이다. 강의가 시작됐다.

오늘 강의 내용은;

첫째, 아흔이 넘게 살려면 건강하게 살아야 한다. 그러자면 운동을 해야 한다. 열심히 걷자.

둘째, 몸만 건강해서는 안 된다. 정신이 맑아야 한다. 매일 꾸준히 책을 읽고 글을 써야 한다.

단 한 줄이라도 좋으니 하루하루 있었던 일을 꼭 기록하라. 본인도 모르는 사이에 삶의 질이 달라진다. 그리고 기록은 엄청나게 큰 힘을 지닌다. 『난중일기』나 『안네의 일기』, 『하멜 표류기』를 예로 들었다.

셋째, 긍정적인 마인드로 세상을 살면 늘 행복하다.

미리 받은 강의 자료에 바싹 얼굴을 들이대고(돋보기가 없어서) 보고 있는데, 귀가 번쩍 뜨이도록 카랑카랑하고 맑은 목소리의 시 낭송에 고개를 번쩍 들고 두리번두리번 목소리의 주인공을 찾았다. 강단에는 노시인이 자리를 하셨고 강단 위 의자에 기타를 든 중년의 남자 한 분만 보인다. 나는 다시 귀를 의심하면서 살펴보았지만 따로 시를 낭송하시는 분은 없다. 아흔한 살의 할아버지는 마이크를 잡은 손이 약간 떨리기는 했지만 목소리와 체형만은 30년은 거슬러도 손색이 없으시다.

자작시 '마이웨이'를 낭송하는 중간에 기타 반주로 프랭크 시나트라의 '마이웨이'가 연주돼 귀 호강을 시킨다. 우리 세대라면 모두가 좋아하는 귀에 익은 멜로디가 분위기를 한층 무르익게 하고 시인의 시는 공간을 타고 귓전과 마음에 닿는다. 다시 끄덕끄덕 고개를 주억인다.

그렇다, 그동안 우리는 수없이 많은 길을 갔다. 하지만 아직 끝이 아니다. 남은 시간을 각자 자신만의 마이웨이를 가자는 내용으로 자작시 '마이웨이'를 낭송하셨다. 시인이 자작시를 낭송하는 맛은 확실히 달랐다.

참석자 한 분이 질문을 했다.
“시인으로 살면서 가장 행복한 때는 언제였나요?”

“아흔이 넘어 보니 매 순간 행복했었다”는
시인의 답이 돌아왔다.

= 2019년 9월 =

어른 노릇

어느 나른한 봄날이라고 기억된다. 아이들이 떠난 교실은 마치 썰물이 빠져나간 듯 흔적만 남기고 조용하다. 비뚤어진 책걸상을 가지런히 정리하고 향기로운 커피 한 잔의 여유를 즐기고 있었다. 그때 같은 학년 젊은 여선생님이 노크를 하고 들어오더니 기분 좋은 이야기를 전해주겠다기에 큰 의미 없이 들어보자고 했다. "우리 젊은 선생님들이 선생님을 예비 베스트 시어머니로 뽑았어요"라고 한다.

50대를 막 들어서는 시점이라 아직 며느리를 볼 생각도 준비도 돼 있지 않았고 아들도 아직 학생인데 웬 며느리? 이건 뭐지? 칭찬인지? 아닌지? 어정쩡한 기분이었지만 고맙다고 인사했다. 그리고 3년 뒤 나는 시어머니가 됐다. 딸을 키워보지 못한 나는 아들이 데리고 온 곱고 고운 며느리가 그렇게 예쁠 수가 없었다. 무엇이든 다 주고 싶고, 보고 돌아서면 또 보고 싶도록 예쁘고 소중했다.

며느리를 보게 됐다고 친정어머니께 전화를 드렸더니 어머니께서는 "박 실아, 참 좋지? 엄청 이쁘제? 나도 그렇더라. 그런데, 어른이 되는 건 결코 쉬운 일이 아니데이. 나는 살면서 제일 어려운 일이 어른 노릇이더라"라고 하시기에 별생각 없이 "아, 예. 그래요?"

하고 전화를 끊었다.

어른 노릇을 제대로 공부도 하지 않고 큰아들이 결혼을 하고 또 둘째도 결혼하니 예쁘고 소중한 며느리를 둘이나 얻게 되었다. 마냥 좋기만 한 가운데 우리 집 보물단지 손주를 넷씩이나 얻고 나니 열 명의 가족 공동체가 됐다. 아이들이 결혼한 지 올해로 16년, 11년이 되었으니 내가 어른이라는 것이 된 지도 꽤 오랜 시간이 지났다. 이젠 제대로 된 익숙한 어른이 돼 있어야 할 만큼의 시간이 흘렀건만 난 아직도 허둥지둥 어른 노릇에 미숙하다.

만 65세가 되던 해 서울시에서 발급하는 어르신 교통카드를 받았다. 대한민국이 정한 공식적인 어른이 된 셈이다. 백신 접종을 무료로 하고, 지하철을 무료로 타게 되었다. 복지센터의 교육프로그램도 할인 혜택을 받는다. 한 달에 꽤 나가던 교통비가 안 나가니 좋기도 하지만 미안한 생각도 들기에 작은 정성이지만 후원금 지출을 조금 늘리기로 했다. 그나마 스스로를 위로하고 자존감을 잃지 않으려는 안간힘이기도 하다.

복지센터에 운동하러 가도 해외여행을 가도 이제는 호칭이 어르신이다. 여행을 가면 가이드가 어르신이 제대로 따라다닐까 걱정하고 신경 쓰는 것이 확연하게 보인다. 어르신 왔나 체크 당할까 창피해서 차에서 내렸다 탈 때는 나 역시 꽤나 신경이 쓰인다. 함께 여행을 하다 보면 처음에는 대부분 앞자리를 선호해서 동작 빠른 사람이 앉게 되는데 며칠이 지나면 나이가 보이게 되니 예의가 바른 젊은이들은 앞자리를 양보하는 일이 있다. 그래서 나는 관광버스를 탈 때는 아예 중간 지점쯤에서 한 칸 정도 뒤쪽에 자리를 잡는다. 앞도 아니고 뒤도 아니니 서로 신경 쓰지 않아도 되고, 첫 날부터 마지막 날까지 옮기지 않아도 눈치 주지 않는 자리여서 좋다. 어르신이라고 앞자리를 비워놓고 앉으라고 하면 민망하기 그지없다. 아직은 어르신이라는 호칭이 어색하고 앞자리를 차지하고 싶은 생각은 추호도 없다. 어르신도 아니고 젊은이도 아닌 엉거주춤한 세대로 정체성을 찾지 못한다.

새삼스레 생각해 본다.

어른 노릇을 잘하는 건 도대체 어떻게 어디까지 해야 하는 걸까? 자로 재듯, 구구단을 외듯 누가 좀 가르쳐주든지 구체적인 답안지라도 있다면 좋으련만. 20년 전 젊은 선생님들이 생각한 베스트 시어머니의 기준은 무엇이었을까? 궁금하다. 그래서 물어보고 싶다.

상대방이 듣기 싫은 말은 하지 않고, 눈에 거슬리는 것은 눈을 감고, 무조건 배려하고, 수용하고, 양보하고, 서로 불편하지 않게 편하게 지나가는 것이 제대로 된 어른 노릇일까?

어떻게 보면 그건 책임 회피이기도 하다는 생각이 마음을 불편하게 하고 두 개의 가치관 사이에서 갈등할 때도 있다. 우리는 선조로부터 받은 유교 정신을 바탕으로 한 예의범절과 도리를 배워 왔고 중요시해 왔다. 이제 그런 정신은 누가 가르치는가. 이 시대 어른들은 속으론 불편하지만 겉으로는 모른 척하는 건 아닌가? 오늘날 가정에서나 사회에서 어른의 위치가 땅에 떨어지고 꼰대라고 무시당하는 일은 어디서부터 잘못된 걸까? 과연 나는 제구실을 하고 살고 있는가? 반문해 본다. 이쪽도 저쪽도 자신이 없다.

= 2019년 12월 =

어른이 되고 싶었다

유치원에서 오는 손녀를 마중해서 들어왔다. 토스트와 우유를 간식으로 챙겨 주고 나니 나도 입이 궁금해졌다. 포트에 물을 끓이고 믹스커피를 커피 잔에 털어 넣고 끓는 물을 부었다. 간식을 먹던 손녀가 뒤듯이 쪼르르 다가오면서 "오우! 커피 냄새 너무 좋아"라면서 커피 잔 가까이 코를 대고 단풍잎보다 작은 손바닥으로 살랑살랑 냄새를 코에 밀어 넣는다. "이를 어쩌나? 내 예쁜 보물단지는 아직 커피를 마실 만큼 자라지를 못했는걸요" 했더니 "괜찮아요" 하면서 커피 잔을 내 앞으로 건네주고는 조그마한 입술을 달싹거리며 반짝이는 꿈을 쏟아 놓는다.

자기는 스물두 살이 되면 커피를 마시고 높은 하이힐을 신을 거라고 기대에 부풀어 즐거워한다. 그리고 눈물이 나도록 고마운 말이 이어진다. 스물두 살이 되면 할머니께 예쁜 차를 사 드리겠다고 약속한단다.

그 계획을 실천하기 위해서 지금 자기는 돈을 모으고 있는 중이라면서 쪼르르 자기 방으로 들어가더니 깜찍하고 조그마한 핸드백을 들고 나와서 열어 보여준다. 100원짜리 동전부터 5만 원짜리 지폐까지 가지런히 들어 있었는데 이것뿐이 아니고 이미 은행에 저축도 해 놓았다고 야무지게 말하면서 할머니는 기대해도 좋다고 한다. 그러면서 빨리 스물두 살이 되었으면 좋겠단다. 어찌 예쁘지 않겠는가? 할머니가 아침저녁 걸어서 자기 집을 오가는 것이 마음에 걸렸었나?

그러고 보니 나도 어린 시절 빨리 어른이 되고 싶다는 생각을 가끔 했었다. 해가 긴 여름날 친구들과 정신없이 놀다가 늦게 집에 들어가는 날은 저녁밥을 주시지 않던 어머니가 야속해서 어른이 되고 싶었다. 시험 기간에 쏟아지는 잠을 큰대자로 누워서 늘어지게 못 자는 것이 아쉬워서 어른이 되고 싶었다. 어쩌다 이웃에 제사음식이라도 나누러 갔다가 심부름이 끝났다고 신이 나서 폴짝폴짝 돌아오는 길에 접시라도 떨어뜨려 깨뜨리는 날엔 계집애가 얌전하지 못하다고 호되게 야단맞을 때도 억울했다. 어른이 되면 꾸중 듣지 않을 거로 생각하고 어른이 되면 모두 내 마음대로 할 수 있다고 생각했다. 아이는 접시를 깨도 혼이 나고 어른은 버지기(큰 옹기그릇의 사투리)를 깨도 괜찮다는 말에 반항이라도 하듯이…….

시간이 흐르면서 나이라는 숫자가 더해지고 학교를 졸업하고 직장을 가지고 결혼을 하고 두 아이의 엄마가 되면서 어릴 적에 되고 싶어 했던 어른이 되고 말았다. 되고 싶었던 어른은 어깨가 무겁도록 많은 책임을 감당해야 했다. 직장 생활로 돈도 벌어야 했고, 힘든 육아에, 힘에 겨운 가사까지 대가 없이 해야 하며, 밀려오는 문제들을 끊임없이 해결해야만 했다. 언제나 최선을 다한다는 강박감으로 살았지만 돌아보면 후회와 부족함이 그림자처럼 따라다니는 고되고 고된 어른의 삶을 살아야 했다. 그러면서도 자신에게 늘 어른답게 살고 있는지를 끊임없이 묻고 또 물으면서 살아간다.

그토록 어른이 되고 싶었던 어린 소녀는 이제 할머니가 돼서 다시 어른을 꿈꾸던 철없는 소녀로 되돌아갈 수는 없을까 하는 허황된 꿈을 그려 본다.

내 얼굴에 책임을

백화점에서 승강기를 이용하게 됐다.

옷차림은 수수했지만 웃는 얼굴에 곱게 나이 드신 할머니 한 분과 함께 올라가게 됐다. 머리에는 모자를 쓰고 계셨고, 시장바구니를 들고 계셨는데 연세는 일흔 중반은 되신 것 같았다. 표정이 하도 고운지라 시선이 자꾸만 그리로 가면서 마음속으로 '비결이 무엇일까?' 하는 궁금증이 일고 있었다.

볼일을 보고 다시 승강기를 타러 가는데, 그 할머니께서 승강기에 오르고 계셨다. 나는 아직 거리도 좀 있고 해서 천천히 갔더니 할머니께서 잡아놓고 기다리셨다. 감사하다는 인사를 하고 승강기에 올랐다. 비가 오는 탓인지 그날따라 잃어버린 물건을 찾아가라는 방송이 연달아 나오고 있었다. 그때 또다시 노트북을 보관하고 있으니 잃어버린 사람은 찾아가란다. 50대 초반은 되었음 직한 아주머니가 혼잣말로 "노트북 주인은 아마도 젊은 사람일 텐데 요즘엔 모두들 정신을 어디에 놓고 사는지" 하며 딱하다는 표정을 짓는다.

나를 포함해서 모두 아주머니 말대로 주의 산만에 정신 놓고 다니는 사람들이라고 단정하고 무표정한 얼굴로 시선을 고정하고 있는데 고운 표정의 할머니께서 조심스럽게 나지막한 목소리로 말했다. "아이고나, 딱하기도 하지. 우리네는 잘 살았지요. 좀 가난하기는 했지만 단순하게들 살아왔지요. 요즈음 젊은 양반들 너무 복잡한 시대를 살자니 어찌 제정신이겠소? 참 딱하고 불쌍해서 마음이 아파요."

난 망치로 머리를 맞은 듯 귓속이 멍했다. 나는 순간적으로 얼굴이 뜨거워지면서 내 마음을 들킨 듯해서 할머니의 옆얼굴을 슬쩍 쳐다봤다. 여전히 웃는 표정이다. 고운 얼굴에 웃음을 담뿍 담고 계신 비결은 바로 상대방의 입장에서 생각하고 이해하는 마음 때문이었구나 하고 궁금증이 풀리면서 얼른 거울에 비친 날 힐끔 쳐다본다. 마주 보고 있는 얼굴은 언제 웃어 보았을까 싶도록 잔뜩 굳어 있었다. 억지로 웃어 본다. 양쪽 입 끝을 살짝 올리면서 눈꼬리는 아래로! 자연스럽지 못하고 어색하다.

세월이 주는 주름은 어쩔 수가 없더라도 마음의 창이라는 얼굴에 나타나는 표정은 웃으면서 곱게, 넉넉하고 편안하게 만들어 가야 될 텐데…….

손녀와 할머니

이른 아침 온 세상은 하얗게 밝은데
길 나서는 사람은 앞이 아득하다.

손녀 유치원 가는 길,
싸락싸락 오던 눈이 함박눈 되고
바닥엔 하얀 눈이 소복이 쌓이고
넘어질까 엉거주춤 조심조심 걷는데
예쁜 손녀가
폴짝폴짝 뛰면서
쫑알쫑알 하는 말이
눈같이 깨끗하고
맑기도 하네.

"우아!
너무 예쁘다.
뽀드득뽀드득
소리도 예쁘네.
아이 부드러워.

어쩌면 이렇게 부드러울까?
할머니,
할머니는 미끄러워요?
에이~. 뭐가 미끄럽다고?
너~어~무 너무 재밌다."

보이는 대로 들리는 대로
아이 눈에 비치는 눈 내린 세상은
동화가 되고 동시가 된다.

= 2017년 12월 =

퇴직 후

(1)

출퇴근에 집안 살림에 정신없이 지난 세월이 30여 년이다. 숱한 세월 속에 애환도 많았고 사연도 많았고, 나름대로 보람도 있었다. 고심 끝에 퇴직을 결심했다. 그러면서 퇴직 후 해야 할 일들을 생각해 보았다. 우선적으로 고향에 계신 부모님을 한 달에 한 번은 꼭 찾아뵙겠다는 계획을 세웠다. 자식 보고 싶은 마음에 늘 목을 빼고 기다리시는 부모님께 바쁘다는 핑계로 자주 가 뵙지 못한 것이 마음에 걸렸다.

아버지께서는 한 달에 한 번은 꼭 서울을 다녀가셨다. 보성중학 26회 모임이 매달 26일에 있었고, 예천향교 전교에 선출되고 경북지구 유림 일을 보시면서 성균관에 오실 일이 잦기도 하셨지만, 가장 큰 목적은 자식들이 궁금하셨기 때문이리라. 아버지께서는 풋나물을 좋아하는 사위 몫으로 마당가 텃밭에서 자란 푸성귀와 계절 식품을 힘에 겹도록 들고 오시고는 했다.

한번은 귀가 아리도록 추운 겨울에 못난 딸이 좋아한다고 그 무거운 메밀묵을 가지고 오셨다. 여든이 훌쩍 넘으신 아버지의 어깨는 축 처지셨는데도 힘에 겹도록 들고 들어오신다. 무엇 때문에 이 자식이 저렇게도 가슴 아리실까? 택시를 타시든지, 미리 연락을 하시든지, 무거운 걸 들고 다니시지를 말든지 종알대는 딸 말에 바쁜 자식들 귀찮게 왜 미리 연락을 하고 다니느냐고 하시면서 그런 정신 나간 친구들을 당신이 교육시키신다고 하셨다.

그러시던 아버지께서 내가 퇴직하던 전해부터 원행을 못 하시더니 퇴직하던 해에는 마을 노인정이나 다녀오실 정도였다. 이젠 부모님을 뵙자면 내가 가야 한다. 2월 말에 퇴직하고 3월부터 나는 나와의 약속을 지키기 위해 한 달에 한 번은 부모님께 얼굴을 보여 드리러 고향을 내려갔다. 보여 드리는 것이 작지만 가장 큰 기쁨을 드리는 것이라고 생각했기 때문이다.

그해 봄 아버지의 생신날, 아버지께서는 경옥고를 고셔서 자식들에게 선물하셨다. 꿀과 함께 주시면서 "이 경옥고가 이젠 마지막 같구나" 하시며 안경 밑으로 눈물을 훔치셨다. 당신께서는 미리 알고 계셨던가? 그해 늦가을 아버지께서는 세상을 떠나셨다. 계획한 대로 겨우 일 년도 찾아뵙지 못했는데 떠나셨다. 부모는 자식이 효도할 때를 기다려주지 않는다는 성인의 말씀을 새기면서 계획대로 어머니를 뵈러 매달 가겠다고 다짐한다.

(2)

6년 전 어느 날 명예퇴직을 생각했고 이어서 퇴직을 했다. 교사가 부족한 덕분에(?) 퇴직 이후 매년 심심찮게 학교에 불려 나가곤 한다. 일 없이 집에서 쉬고 있으면 처음에는 여유를 부려 보지만 얼마간 시간이 지나고 나면 도태되는 것 같은 느낌에 불안하기까지 하다. 그러던 중에 학교에서 연락이 오면 출근을 하게 되는데, 이게 또 무슨 변덕인지, 한 일주일만 다니면 후회가 된다. 용량 초과인지? 힘에 부치고 기력이 떨어지면서 아침 출근이 부담스러워진다.

학교라는 곳이 아이들 때문에 있는 곳이니 아이들이 주인이다. 이번에는 일학년을 맡게 되었다. 나는 현직에 있을 때도 일학년을 좋아했다. 티 없이 맑고 깨끗한 영혼에 반한다. 그런데 요 녀석들 좀 보소. 자기네 선생님보다 훨씬 나이가 많은 선생님이 들어서니 첫눈에 실망이다. 어른 아이 할 것 없이 젊고 예쁜 것이 좋으니 어쩌겠는가. 이 깜찍한 녀석들이 내가 조금만 혼을 내면 우리 선생님은 그러지 않았다고 이죽거리면서 나를 약 올리니 내 참 기가 막혀서 할 말을 잃는다.

아침에 교실에 들어서면 아이들이 하교할 때까지 정신이 없다. 화장실 갈 여유도 없다. 요즘 아이들이 활동적이어서 잠시도 눈 돌릴 틈을 주지 않는다. 짧은 기간이지만 나에게 맡겨진 이 아이들을 하나하나 이름을 부르면서 눈 맞춤을 한다.

모범생도 개구쟁이도 모두 예쁘다. 나이 탓인지 짧은 만남이어서인지 우는 것도 예쁘고 고집부리는 것도 예쁘다. 심지어는 금방 탄로가 날 거짓말을 하는 것도 귀엽다. 그러다가 정신이 번쩍 든다. 남의 집 귀한 보물들이 무방비 상태로 내 앞에 앉아 있다는 생각에……. 내가 교사가 아니라면 누가 잠시라도 나에게 이 귀한 보물들을 맡기겠는가? 소중하게 잘 지켜 반짝반짝 빛나게 해서 보내줘야지.

돌아가는 아이들은 즐겁기만 하다. 사고 없이 보내는 나 또한 즐겁고 감사하다. 왼손을 내밀고 악수하자는 꼬맹이의 오른손을 바로 잡아 주면서 손끝으로 전해 오는 체온에 가슴을 데운다.

새삼스럽게 내가 가진 자격증에 감사한다. 내가 교사임에 감사한다.

= 2006년 5월 30일 =

보약 한 첩

사람들은 드러난 병은 없지만 기운이 떨어지거나 몸이 허하면 보약을 먹는다. 보약을 국어사전에서 찾아보았더니 몸의 전체적 기능을 조절하고 저항 능력을 키워 주며 기력을 보충해 주는 약이라고 적혀 있다. 우리나라 사람들은 보약을 좋아하는 것 같다. 나도 한때는 그런 사람 중의 하나였다.

현직에 있을 때 연중행사로 일 년에 두 차례는 보약을 지어다 달여 먹었다. 삼월에 새 학년이 시작되면 아직 냉기가 가시지 않은 어설픈 교실에서 새로운 아이들을 만난다. 어수선한 분위기에서 교실 정리정돈과 청소, 아이들과 얼굴 익히기, 연간 학습지도 계획서 및 생활지도 계획서 작성하기, 학급 사무와 학교 분장 사무들로 정신없이 돌아갈 때면 입안이 헐고, 어김없이 찾아드는 감기 몸살을 옴팡지게 앓고는 했다. 또 가을 운동회 준비로 매스게임을 맡게 되거나 학급, 학년 경기를 준비할 때 역시 몸살을 피하지 못했다.

1970~80년대 학교는 학급당 학생 수가 70명이 훌쩍 넘었다. 교실이 부족해서 2부제를 하며, 춥고 더운 것을 고스란히 몸으로 견

뎌야만 하는 열악한 환경이었다. 교실 면적에 비한 학생 수를 볼 때 밀도는 어떠한가? 그러자니 먼지와 탁한 공기로 감기 떨어질 날이 없었다. 그래서 궁여지책으로 매년 두 번씩 내 형편으로는 좀 과한 부담이었지만 보약을 먹으면서 교직 생활을 해 왔다.

그러던 것이 어느 때부터 보약을 끊게 되었다. 퇴직을 하고 쉬니까 우선 힘이 덜 들어서이기도 하지만 아프고 나서부터는 보약은 금기 식품이 되었다. 속설인지 정설인지 분명한 확인은 안 해 봤지만 암 환자에게는 보약이라는 것이 절대적으로 나쁘다 하니 일단은 멀리하게 되었다. 항암 치료 중에 입맛이 없고 기운도 없어서 면역에 좋다는 홍삼이라도 먹어 볼까 해서 담당 의사에게 문의를 했더니 간과 신장에 무리가 오니 당분간은 먹지 말라고 했다.

그런데 요즈음 와서 가끔 보약의 유혹을 느낀다. 요즘처럼 아침부터 덥다고 느껴지면서 몸이 무겁게 늘어진다 싶은 날은, '기운이 빠져서 힘이 드나? 나이 탓인가? 아니면 영양 부족 현상인가? 이럴 때는 보약을 한 제 먹어야 되는 건가?' 혼자서 구시렁거리면서 궁리를 해 보기도 한다. 그러나 꼭 먹어야겠다는 마음은 없다.

오늘도 아침부터 늘어져서 온종일 뒹굴뒹굴 구르다가 '아이고나! 이러다가는 안 되겠다' 싶기에 굼뜨게 몸을 일으킨다. 이럴 때 바로 보약 한 첩의 처방이 간절하다. 비장한 각오로 주방으로 간다. 포트에 물을 끓인다.

머그잔에 믹스커피 한 봉지를 탈탈 털어 넣는다.
끓은 물을 알맞게 붓는다.

차 스푼으로 살살 젓는다.
향긋한 냄새에 코가 먼저 깨어난다.
한 모금 입에 물고 입안에서 굴린다.
혀끝에 닿는 달콤 쌉쌀함에 입안이 살아난다.
향긋하고 달콤함에 기분이 업!
무겁던 머리도 어느새 가볍다.

보약이 따로 없다.
먹어서 기분 좋고 기운 나면 보약이지.
적당한 카페인과 달콤한 설탕이 보약이 될 줄이야.

물물교환

길고도 무더운 여름의 끝자락에 모처럼 옛 동료들과 현장 연수라는 이름으로 남쪽 지방으로 여행을 다녀왔다. 낙안읍성 민속마을을 들렀다. 여기저기 둘러보고는 있었지만 후텁지근한 날씨 탓에 시원한 곳에서 쉬고 싶은 마음이 간절했다. 성문을 들어가서 마을 진입로를 한참 걸으니 관아가 나오고 그 앞에 우람한 느티나무의 넉넉한 그늘이 우리를 불러들인다. 햇볕이 따가운 터라 우리는 양산으로 해를 가리고 다녔다.

표정이 밝고 건강하신 할머니(81세) 한 분이 반갑게 자리를 내어주시면서 "이렇게 더울 땐 빈 우산 들고 다니면 덜 더운가벼이~? 모두들 얼굴도 이쁘고 우산도 이쁘네 이~" 하신다.

우리는 별생각 없이 그냥 지나쳤는데, 그 할머니 또 한 번 똑같은 말씀을 하시면서 왜 비도 안 오는데 우산을 쓰냐고 물어보시는 거다.

일행 중 말이 적고 마음이 따뜻하면서도 눈치 빠른 동료 한 분이 "할머니 이 양산이 마음에 드세요?" 하고 여쭈어보니 그 말에는 대답이 없으시고 바구니 속의 머윗대나 사라고 딴청이시다.

"할머니 이 양산이 썩 좋은 건 아니지만 며칠이라도 할머니 기분 좋게 쓰시게 제가 드리고 싶어요. 그래도 될까요?" 하니, 그 할머니께서 "나는 답례 못혀는 거스은 받고 싶지 안타요이. 지금까지 세상에 진 빚이 얼마인디 또 빚을 지겠능가이?" 하시면서 격렬하리만큼 손사래를 치신다.

처음부터 이 모습을 보고 계시던 사진작가라는 분께서 "할머니 장바구니에 있는 것 이분께 나눠 드리면 되겠는데요" 하시니, 할머니의 얼굴이 환해지면서 그래도 되겠느냐고 물어 오신다. 이렇게 해서 양산과 할머니의 장바구니 속에 있던 머윗대의 물물교환이 이루어졌다.

할머니는 양산을 폈다 접었다 해 보시더니 양산을 들고 덩실덩실 춤을 추시고는 내 생전 이렇게 이쁜 우산은 처음 써 보게 되었다면서 너무나 좋아하셨다. 이 아름다운 할머니의 모습을 사진작가님은 작품으로 담으셨고 또 우리 일행에게도 사진을 찍어서 보내 주시겠다는 걸 우리는 사양했다.

모처럼 따뜻하고도 아름다운 모습이었다. 따뜻함을 실천하는 동료 덕분에 보고 있던 우리 일행은 즐겁고 행복했다. 작은 것으로부터 많은 것을 생각하고 많은 것을 얻을 수 있는 기회였다.

= 2006년 여름 =

일기 여행

사랑하는 아들아

새해 들고 처음이구나.

너희들 잘 있는지 궁금하고, 적응은 잘하고 있는지, 몸살은 안 났는지?

여기는 모두 건강하게 새해를 맞았다.

어제 아침 뉴스를 보고 놀랐다. 케임브리지대학교 방문연구원 논문 표절이라는 뉴스 때문에. 더구나 박 모 박사라고 해서 얼른 인터넷 검색으로 확인을 했단다. 너를 믿지 못해서가 아니고 한 번도 내가 논문에 대한 도의적인 가르침을 주지 않았다고 생각하니 안절부절못했다. 우리 한국 학생들을 케임브리지대학에서 고운 시선으로 보지 않겠구나. 네가 힘들게 생겼구나.

늦게나마 노파심에서 엄마가 해 주고 싶은 말이 있단다.

세상에 무엇과도 바꿀 수 없이 소중하고 가치 있는 것은 도덕적인 인격을 갖추는 것이라고 생각한다.

내가 아들 둘을 두고 자신 있게 말할 수 있는 것은 건전한 가치관으로 도의에 어긋난 행동은 하지 않는다는 믿음이다. 그래서 너희 둘은 나에게는 자랑이고 보람이란다. 가장 소중한 것을 지키지 못하면 아무리 힘들게 이룬 것도 한순간에 물거품이 되고 마는 것이 진리라고 나는 생각한다.

어려운 일일수록 순서가 있는 법이다. 급하게 먹는 밥이 체한다고 하지 않니? 차근차근 순리로 다져나가야 한다는 것 잘 알고 있지? 내가 괜한 걱정임을 알지만 그래도 너에게 일러야겠기에 장황하게 썼다.

오늘은 대화(메신저)가 될지 기대해 본다.

= 2004년 1월 5일 =

부모 됨을 축하한다

아들, 며느리에게
새삼스럽지만 축하한다.
너희 두 사람의 사랑과 고통으로 한 생명을 얻게 되었구나.

부모가 된 것은 한없이 큰 축복이면서 책임이란 무거운 짐을 지는 거란다.
무거워도 무거운 줄 모르는 짐
힘들어도 힘든 줄 모르는 짐
자신을 다 줄 수 있는 존재
그건 이 세상에 자식밖에 없다는 걸 알게 될 거야.

이제부터 너희 둘은 평생을 두고 자식 잘 키우는 공동과제를 풀어가야 한다.
끊임없는 사랑이 필요하겠지?
하지만 그 사랑의 처방이 아주 지혜롭고 적절해야 한다는 걸 늘 생각하면서 처방해야 할 거야.
너희들은 총명하고 사리가 밝으니 잘해 나가리라 믿는다.

너희 내외가

우리에게 기쁨과 희망을 주어서 정말로 고맙다.

건강하고 행복하길, 항상 노력하면서 살기를 빈다.

= 2004년 10월 13일 =

내 나이 예순한 살

두 아들에게

어느새 내 나이 예순한 살.
참으로 덧없다는 말이 실감 난다.

되돌아보니 먼 세월 허겁지겁 걸어온 길에 후회와 회한만 뽀얗게 내리고 무엇 하나 신통하게 이룬 것 없다는 생각에 이 허허로운 마음을 어찌 감당해야 할지? 그러나 다행히도 너희들이 우뚝하게 자리를 지켜주기에 위안이 되고 보람을 느낀다. 내 생전 후회 없이 가장 잘한 일을 말해 보라면 주저치 않고 나는 내가 너희 둘의 엄마가 되었다는 것, 너희들이 내 자식이란 것.

어려서부터 착하고 어질고 성실한 모범생으로 이 엄마에게 희망이 되고 위안이 돼 준 내 소중한 두 아들.
자기 길을 다져 가며 충실히 가고, 무엇보다 바른 생각을 가진 청년으로 성장해 준 너희 둘에게 늘 감사하는 마음이다.

나름 자식 키우는 일에 최선을 다한다고 노력은 했지만 시간에

쫓기고, 몸은 피곤하고, 그동안 너희들에게 엄마로서 부족한 점도 많았고, 또 좀 더 적극적으로 뒷받침해주지 못한 아쉬움이 남아서 아직도 입시 철이 되면 늘 가슴이 아리더라. 더구나 못된 병으로 너희들을 놀라게 하고 힘들게 한 걸 생각하면 미안한 마음 가눌 수가 없다.

지금까지 늘 그랬듯이 앞으로도 건강하게 꿈을 실현하면서 알콩달콩 행복하길 진심으로 기도할게.

내 두 아들,
고맙고, 고맙고, 정말 고맙다.

2011년 4월 23일, 엄마가

두 며느리에게

세월이 유수 같다더니 그 말이 실감 나는 아침이란다. 너희가 들으면 이상한 말 같지?

내 어느 날 엄마가 되었더니 다시 시어미가 되고, 할머니가 되더라.

되돌아보니, 무수한 날들을 덧없이 보냈다는 아쉬움과 후회만 소복이 쌓이는 조금은 우울한 그런 기분이 드는 날이네. 그러나 다행히도 너희들이 채워가는 사랑이 있기에 위안이 되는구나.

아들을 둔 부모들은 모두 그렇게 말하지? 근본이 착하고 기본이 된 며느리를 봐야 한다고? 한결같은 소망이지. 그런데 난 조금도 손색없는 며느리를 둘이나 봤으니 복 많은 시어미라고 자타가 인정하는 바란다.

내 큰며느리 이 슬기 님,

지혜롭고, 차분하게 매사에 능한 모습을 보노라면 나이 든 시어미가 부끄러울 때가 가끔은 있단다. 맏이 노릇 하느라 애쓰는 네 모습을 보면 애처롭다가도 흐뭇하니 이게 바로 시어미의 속마음인가 한다. 무엇보다 내가 아플 때 보여준 너의 정성은 정말 고마웠단다. 주말마다 너의 정성으로 기운을 차리고, 어린것들 재롱 덕에 지독한 항암 치료를 무사히 마칠 수 있었구나. 자식들 놀라게 하고 힘들게 한 것 정말 미안했다. 그리고 정성 모은 선물 고맙다. 잘 쓸게.

내 귀한 큰 며느님,

지금까지 그랬듯이 너희 가족들 서로 아끼고 사랑하면서 건강하게 살아가기를 기도한다. 첫째야, 사랑한다. 고맙다.

내 작은며느리 김 애교 님,

커다란 눈 속에 착한 마음이 가득한 네가 내 자식이 되기로 했을 때 난 예측했단다. 네 남편과 아주 잘 살 거라고…….

똑똑하고 지혜로운, 깨끗하고 순수한 너를 보고 있으면 나도 함께 맑아지는 듯 조금은 걱정스럽기도 했는데 기대 이상으로 아니, 아주 잘 모든 걸 해결해 가는 주부로 엄마로 발전하는 모습이 든든하단다. 우리 진형이 잘 키우고, 또 동생도 생기고. 신통한 일이 한두 가지가 아니네. 너희 결혼하는 해 내가 아파서 너희들을 놀라게 한 점 정말 부끄럽고 미안했단다. 걱정하고 애쓴 너희들 덕분에 지금 이렇게 건강해질 수 있었단다.

내 귀한 작은 며느님,

지금처럼 늘 아끼고 사랑하면서 건강하길 기원한다. 둘째야, 고맙다. 사랑한다.

2011년 4월 23일, 시어미가

10주년 기념일에 첫째에게

2003년 10월 19일.

티 없이 맑고 파란 하늘에 눈부신 햇살이 우리 모두에게 축복을 선사하던 날.

네가 내 자식이 된다는 것이 어찌 그리도 설레고 벅차고 행복했던지. 세상에 부러울 것 없이 가슴 벅찬 날이었단다.

세월 참 빠르구나.

어느새 10년이란 세월이 흘러 너희들도 네 식구가 돼 있고 밝은 영국이는 벌써 3학년, 예쁜 황금이는 7살이 됐으니.

네 남편 따라 영국 가서도 고생 많이 했고, 허구한 날 연구실에서 시간 보내는 네 남편을 묵묵히 뒷바라지하는 너를 보노라면 참 대견하고 고맙고 감사하구나.

가족이 되어 가는 동안 즐거운 일도, 힘든 일도, 더러는 부끄러운 일도 들켜 가면서 그렇게 우리는 가족의 울타리를 단단하게 엮어 왔다고 생각한다.

10년을 단 한 번도 불편한 기색 없이 동의하고 참여하고 앞장서 주선하고 해결해 나가는 너의 능숙한 모습을 보노라면 든든한 마음에 걱정이 없단다.

무엇보다도 너의 꿈을 접고, 천직이라고 생각하고 시작한 직장을 그만둔 것이 안쓰럽고 아깝기도 했지만, 네 가족에게 네가 복을 심어준 거로 생각한단다. 그래서 난 너희들을 보면 행복하고 생각만 해도 입가에 웃음이 번지고 자랑스러우니 너희는 나에게 효성스러운 자식이라 아니할 수가 없구나.

첫째야,
우리 앞으로도 어려운 일은 서로 부탁하고 또 도움을 받으면서, 함께 즐거워하고 힘들 때는 서로 힘이 돼 주고, 그렇게 더욱 단단한 가족의 고리를 만들어 가자. 10년 세월 나에게 힘이 돼 주고, 많은 기쁨을 가져다준 너에게 진심으로 감사한다.

2013년 10월 결혼 10주년에 시어미가

둘째야 축하한다

10년 전 오늘
밤새 소나기가 지나가고
눈부신 해님이 축하 인사를 보내오던 날
너희 두 사람은 부부가 되었지.
너는 내 자식이 되고
아들은 한 가정의 가장이 되고

어느새 10년,
진형이 현주 예쁘게 낳아
건강하고 총명하게 잘 키우고
성실하게 제 몫을 다하는
너희들에게 늘 감사한다.

건강 잘 챙기면서
너무 바쁘지 않게
너무 힘들지도 않게 살았으면 좋겠다.

너희 가정에 웃음이 늘 함께하기를
기도하면서
너희들의 10주년을 축하한다.

내 귀한 아들,
소중한 내 며느리 사랑한다.

2018년 6월 22일 시어미가

9박 10일 제주를 걷다

2020년 4월 27일,

답답한 일상에서 빠져나가고 싶어 제주행 비행기를 탔다. 제주도 지사가 매스컴을 통해 육지 손님은 오지 말라는 제주도를 비집고 들어온 것이다.

'코로나19'라는 괴이한 바이러스의 공격에 전 세계가 유례없는 거리 이동 제한을 받으면서 살기를 석 달하고도 몇 날이 지났다. 벼르고 별러서 계획했던 인도 여행은 아깝게도 위약금까지 날리면서 취소해야만 했다. 4월 30일부터 시작되는 연휴에 계획했던 가족여행도 힘없이 무너지고, 5월에 친구 내외와 함께 가기로 한 일본 여행도 취소되는 어처구니가 없는 일이 벌어졌다.

코로나 상황을 지켜보면서 동네 개천이나 오르내리고 있으려니 답답하고 지루하던 차에 막냇동생이 제주도에 가자고 전화가 왔다. 더 들어볼 것도 물어볼 것도 없이 간다고 대답부터 했다. 나중에 들어보니 조카 둘이서 이모 생일 선물로 항공권 구매를 했다고 한다. '이렇게 고마울 수가~.' 두 아들의 후원을 받아 9박 10일의 제주 여행이 시작되고, 서귀포에 짐을 풀었다. 이번 여행은 숲길과

오름을 중심으로 걸었다.

트레킹 첫날,
서귀포에 위치한 솔오름에서 시작되었다. 오르는 초입부터 고사리가 자꾸 눈길을 잡았지만 우리는 꺾지 않고 오름을 올랐다. 그런데 내려오는 길에는 통통한 고사리의 유혹을 뿌리칠 수 없어서 꺾고 말았다. 이게 꺾기 시작하니 여기저기 지천에 고사리다. 적당히 한 번 먹을 만큼만 꺾어서 숙소로 돌아와 삶아서 볕바른 옥상에 널었다. 어찌나 사랑스럽고 신통한지. 싱싱한 생조기를 사다가 조려 먹어야지. 첫 단추를 잘 끼웠으니 이번 여행은 이미 50% 이상 성공이다.

고근산오름, 비양도와 한림시장, 제지기오름, 올레, 곶자왈, 사려니숲길, 삼다수숲길.

제주의 풍광을 눈으로 즐기면서, 하늘이 보이지 않는 숲길을 매일 걸으면서 '이것이 진정한 휴식이구나'라고 느꼈다. 들숨 날숨을 따라 그동안 몸속에 쌓여 있던 노폐물이 남김없이 빠져나가는 느낌, 몸도 마음도 날아갈 듯이 가볍고 깨끗해졌다. 머릿속도 싹 비웠다.

제주도 여행은 여러 가지로 좋다. 우선 비행기 타는 시간이 짧아서 좋다. 국내이니 말도, 음식도, 정서도 같아 마음이 편하다. 외국 가는 것보다 경제적이다. 풍광이 뛰어나다. 먹거리가 풍부하다. 내 나라에서 돈을 쓰니 애국하는 기분이다. 여러 가지 장점을 열거하다 보니 제주 사랑에 푹 빠진 홍보대사가 된 듯하다. 서울로 가기 싫다. 여유롭게 넉넉히 시간을 장착하고 또다시 걸으러 와야겠다.

아직도, 걸을 곳이 너무 많다.

= 제주 마지막 날 =

몽골 여행

(1) 몽골 여행 1

2005년 8월 19일~8월 23일.

하늘과 땅 사이에 푸르름으로 가득 찬 그곳을 다녀왔다.

여름방학 끝자락에 기간제로 나가던 학교에서 함께 가자는 연락을 받고 반가운 마음으로 함께하기로 했다. 갑갑한 일상에서의 탈출, 아직은 생소한 여행지이기에 설렘과 두려움을 안고서 떠났다. 결론은 아주 좋았다. 상상이 되지 않는 넓은 초원 위에 곱게 펼쳐진 에델바이스 꽃밭은 말 그대로 환상이었다.

연초록 평원을 가르는 하나뿐인 곧은 길을 한참 달려 여기가 끝이구나 하는 곳에 닿으면 똑같은 길과 초원이 그대로 이어지는 광활한 자연…….

성숙한 여인의 엉덩이처럼 부드럽게 이어지는 능선의 굴곡, 군데군데 무리 지어서 평화롭게 풀을 뜯는 양 떼와 말, 소 떼들.

다섯 시간이 넘도록 차를 타고 달려도 지루하지 않던 초원의 평화로움, 대자연 속에 이미 용해되고 있는 또 하나의 작은 자연인 나를 만난다.

그곳은 바로 우리 인간의 고향이자 영원한 안식처인 자연 그것이었다.

(2) 몽골 여행 2

원시적인 단순한 아름다움 속에서 오랜만에 마음의 고요를 맛볼 수 있었다.

누가 그랬던가, 거길 왜 가냐고.

바얀고비의 모래에 발을 담그고 지평선에서 어둠을 뚫고 솟아오르는 커다란 달(그렇게 큰 달은 처음 보았다)을 마중하는 경이로움에 우리는 환호했다. 드문드문 얼굴을 내밀기 시작하는 별들의 잔치를 고개 젖혀 구경하면서도 어쩔 수 없는 직업의식의 발동으로 여름철 별자리 연수가 시작되었다. 긴 그림자를 앞세우고 숙소(게르)로 돌아오면서 동행한 황 부장님이 들려주는 '칭기즈칸의 전설(?)'에 귀 기울였다.

끝없이 펼쳐지는 낯선 초원에서의 첫날 밤은 쉽게 잠들 수가 없었다. 난로에서 타는 장작 소리에 아득해진 유년의 그리움이 살아난다. 별빛은 사위어가고 어둠이 물러가면서 초원의 아침이 열린다. 시리도록 투명한 파란 하늘에 점점이 떠 있는 하얀 구름, 수레바퀴 밑에서 힘들게 고개를 내밀고 피어 있는 이슬 맺힌 양귀비꽃 한 송이, 끝이 없이 펼쳐지는 초록 평원의 숨죽은 고요를 깨는 여린 풀벌레 소리. 아, 이 아침을 어찌하오리까?

처음 올라보는 말 등이 무서워서 난 먼저 나를 태울 말에게 인사했다. 등을 쓰다듬으며 반갑다고, 우리 친해져 보자고. 도움을 받으며 일단 말 등에 오르고 보니 우선 시야가 높아져서 좋았다. 끝이 보이지 않는 초원을 바라본다. 초원 저편에 보이는 게르(몽골의 전통가옥)를 지나서 내를 건너 목적지를 향한다. 두렵기도 하지만 여럿이 함께하는 일이니까 처음에는 천천히 간다. 초원에 핀 키 작은 야생화들이 우리를 반긴다. 민들레, 엉겅퀴, 들국화…….

우리의 산천에 핀 야생화와 똑같다. 키가 작다는 것이 다를 뿐. 에델바이스 꽃밭이 펼쳐진다. 예쁘기도 하다. 천국이 따로 없다. 여기가 지상 낙원이라 여겨진다. 한 천진한 마부가 내려서 에델바이스를 꺾어주는 것이 부러워 샘이 난다.

두려움은 사라졌다. 빨리 가고 싶다고 청을 넣었더니 말이 살짝 살짝 달린다. 개울을 건너려고 내리막을 내려갈 때 가슴이 조이는 스릴을 맛본다.

목적지를 무사히 지나서 전통가옥을 방문했다. 이곳에서는 남의 집을 방문하면 서 있으면 안 된단다. 그리고 그들의 여름 식량인 마유주(말 젖을 발효시킨 것)를 꼭 먹어야만 한다기에 시큼털털한 그것을 약 먹듯이 삼켰다. 주머니에 있던 사탕 몇 알을 아이들에게 주고 돌아서면서 금방 후회했다. 자연을 먹는 아이들에게 독약을 주었구나. 천진한 아이들은 좋아라고 나누어 가지고는 밖으로 나간다. 그들의 전통 게르는 하나의 원형인 공간에서 침대가 양옆으로 있고 아이들은 바닥에 카펫을 깔고 잔다니 불편한 일이 오죽 많을까?

우리 일행은 바얀고비 캠프에서 이틀 밤을 지냈다.

석양에 말을 타고 사막의 모래 언덕을 오르는 일행의 모습이 영화의 한 장면보다 멋있어 보였다. 단순함 속에서 맛보는 황홀한 하루였다(그 후, 이때 찍은 사진에서 작은아들은 자신의 배필을 점찍었고 결혼해서 잘 살고 있다).

유럽 여행 1(두 남자와 유럽을)

이런저런 사정으로 몇 년을 미루다가 드디어 멀리 움직여 볼 마음을 내고 계획을 했다. 아기 때부터 세계 지도를 펼쳐놓고 어디를 가고 싶으냐고 물으면 프랑스 에펠탑을 손가락으로 가리키던 4학년짜리 맏손자를 데리고 가기로 했다. 에펠탑도 보여줄 겸, 어린 손자에게 교육상 가장 효과적이라고 생각되는 서유럽 4개국(영국·프랑스·스위스·이탈리아)을 여행지로 선택했다. 회갑 때 여행비라고 자식들에게 받아 두었던 것도 있고, 먼저 다녀온 지인의 충고도 있고 해서 가장 럭셔리한 상품을 골랐다.

2014년 5월 23일 13시 우리 내외는 손자와 함께 대한항공편으로 인천을 출발해서 11시간 40분 후에 런던 히스로 공항에 도착했다. 짐을 찾아 밖으로 나오니 진눈깨비가 바람에 날리는 어설픈 날씨였다. 얼굴에 닿는 진눈깨비와 차가운 바람에 목이 움츠러들었다. 우리는 가이드의 안내에 따라 가방에서 패딩점퍼를 하나씩 꺼내 입고 우산도 챙긴 다음 버스에 올랐다.

첫째 날 여행지인 영국에서 가장 오래된 대학도시 옥스퍼드로 이동했다.

영화 '해리포터' 촬영지인 크라이스트처치 칼리지의 외부, 보들리안 도서관의 외부와 옥스퍼드 시내를 관광했다. 크라이스트처치 칼리지는 영국 총리 13명을 배출한 명문이라고 했다. 잘 가꾸어진 넓은 정원에 오랜 세월의 시간을 고스란히 간직한 묵직하면서도 세련미를 담은 건축물과, 도시가 생기고 길이 만들어질 때 깔았다는 길바닥의 반들반들하게 닳은 돌멩이 하나에도 영국의 유구한 역사와 문화가 배어 숨 쉬는 듯해서 숙연해졌다.

첫날부터 간 떨어질 뻔한 사고가 발생했다. 두 남자 중에 할아버지가 없어진 거다. 담배를 피우다가 골목길에서 일행을 놓치고 말았다. 한바탕 소동이 나고 오던 길을 되짚어서 만나기는 했는데……. 아이고나~.

둘째 날 오전 일정은 런던 시내 관광이다. 런던에서 가장 아름답다는 다리 타워브리지 조망, 버킹엄 궁전과 국회의사당의 시계탑 빅벤, 웨스트민스트 사원의 외부를 관광하고 사진을 찍었다. 오후에는 그 유명한 대영박물관 코스다. 세계 3대 박물관 중 하나라는 명성에 걸맞게 웅장한 그리스 신전을 연상케 하는 외관에 입이 떡 벌어졌다. 4학년짜리 손자의 관심은 이집트의 미라였다. 람세스 2세의 석상, 고대 문자가 쓰인 로제타석 등 엄청난 전시물과 거대한 규모에 또 한 번 놀랐다. 대영 제국의 거대한 힘을 느끼면서 수박 겉핥기식의 박물관 구경(?)을 끝내고 나왔다. 손자는 매점에서 아빠, 엄마와 삼촌, 작은엄마의 선물로 책갈피를 샀다.

우리는 저녁 도시락을 픽업한 후 판크라스 역에서 고속열차 유로스타를 타고 파리로 이동했다. 비행기가 아닌 기차로 국경을 넘나든다는 것이 생소하게 느껴졌다. 약 3시간 30분이 소요된다는 안내와 해저터널을 지난다는 기대감으로 유로스타에 몸을 실었는데, 석양에 노을이 참 아름답다는 생각은 잠깐이고 어느새 잠이 들었다. 하긴 하루 종일 두 남자를 잃어버릴까 이 작은 몸이 초긴장이었으니 그럴 만도 하지. 우리는 그렇게 프랑스로 이동했다.

유럽 여행 2

여행 3일째,

프랑스 파리에서 날이 밝았다. 호텔에서 식사를 하고 로댕 미술관 정원으로 향했다. 미술 교과서에서나 보던 로댕의 '생각하는 사람' 조각품을 감상하고 작품 가까이에 있는 아름다운 정원 벤치에서 사진을 찍고 쉬면서 호사를 누렸다.

다음 여행지는 파리가 자랑하는 베르사유 궁전 내부 관람이다. 세계에서 모인 관광객들로 복잡하기가 이루 말할 수가 없었다. 여기서는 개인용 오디오 수신기가 제공되고 자유 관광이다. 궁전 내부에는 수많은 방에 미술품들이 전시되어 있었는데, 관람객이 너무 많아서 앞 사람들의 움직임에 따라 움직여야 했고 수신기 사용이 원활하지 못해서 땀만 흘리고 나오는 영양가 없는 시간이 돼버렸다. 그나마 기억에 남는 방이 있다면 궁전 내에서 가장 화려하다는 '거울의 방'이다. 세계 1차 대전에서 패전한 독일이 '베르사유 조약'을 서명한 장소가 이곳이란다.

특식인 달팽이요리와 현지 식으로 점심을 먹고 파리의 상징인 에펠탑으로 이동했다. 손자가 보고 싶어 했던 에펠탑에 도착하니 사람들이 구불구불 길게 줄을 늘어서 있었다. 우리도 차례를 기다려서 2층 전망대에 올라 파리 시내를 한눈에 조망하고 잔디밭에 서 사진도 찍고 휴식도 하면서 시간을 보냈다. 몽마르트르 언덕을 갈 때는 손자가 곤하게 자서 나도 버스에서 함께 쉬었다.

저녁 식사 후 센강 유람선 관광에 나섰다. 센강은 우리나라 한강에 비하면 강폭도 좁고 수질도 탁해서 강만 본다면 별것 아니라고 할 수 있다. 그러나 센강에 놓여 있는 아름다운 다리, 주변의 오래된 유명한 건축물들과 모여드는 젊은이들로 파리에서 빼놓을 수 없는 명소 중의 명소라고 한다. 낮에 지나가면서 보던 센강 주변은 회색빛으로 차분히 가라앉은 분위기라면, 밤에 보는 센강은 화려한 빛으로 새로 태어나고 있었다. 에펠탑의 점등 또한 화려한 볼거리였다. 손자와 나는 밤바람이 추워서 꼭 껴안고 센강의 화려한 야간 유람을 즐겼다. 힘든 일정을 힘들다 하지 않고 잘 소화하고 틈틈이 일기장에 기록하는 손자가 대견하고 뿌듯하다.

여행 4일째다. 슬슬 힘이 들고 피로가 쌓인다.

오늘 일정은 파리 최대의 박물관인 루브르박물관 관람이다. 루브르 왕궁이 박물관으로 변모했으며 30만 점의 작품이 소장돼 있다고 한다. 박물관에 들어서면 바로 눈에 띄는 것이 세련된 유리 피라미드다. 밀로의 '비너스상'을 감상하고 레오나르도 다빈치의 명작인 '모나리자' 앞으로 오니 많은 사람으로 붐벼서 사람들 사이로 까치발을 하고 겨우 눈도장만 찍었다. 며칠 사이에 수많은 것을 보고 듣고 경험했으나 정신만 돌릴 뿐 무엇을 보았는지조차도 모르겠다. 저장 공간의 부족을 새삼 확인하는 시간이었다. 좀 더 일찍 이런 걸 경험했더라면 내가 만난 아이들에게 더 넓은 세상을 이야기해 주고 더 많은 문화를 알려줄 수가 있었을 텐데 하는 아쉬움이 있었다. 손자는 엄마랑 공부를 하고 와서 나보다 이해가 빠르나 보다. 다행히도 지루해하지 않고 일행들과 인사도 나누고 대학생 누나랑 게임도 하면서 일정을 잘 소화한다. 일행은 도시락을 받아서 리옹역으로 갔다. 초고속열차 TGV로 국경을 넘어 스위스 로잔으로 간다.

4시간 후 로잔에 도착, 대기한 버스를 타고 또 2시간 이동, 인터라켄에 도착해서 스위스 전통식 퐁뒤(화이트 와인, 갈릭 치즈를 녹여 뜨겁게 데운 소스에 빵을 찍어 먹는 것)로 저녁 식사를 했다. 일행들은 즐겁게, 맛있게 식사를 했다. 산속 마을은 예쁜 요정이 금방이라도 맑은 소리로 노래하며 나와서 환영할 것 같은 아름답고 조용한 곳이다. 기념품 가게 앞으로 흐르는 맑은 개울과 예쁜 꽃들, 아기자기한 가게들은 마치 내가 서 있는 곳이 지상이 아닌 천상의 세계인가 착각할 정도로 아름다웠다.

알프스 청정 지역인 벵엔이라는 산악 마을에 숙소가 있었다. 이 마을에는 외부 차가 들어오지 못한단다. 우리가 묵는 호텔은 해발 1,274m에 위치한 산기슭에 있었는데 먼 길은 아니지만 어둑어둑한 굽은 길을 돌고 언덕길을 올라야 갈 수 있었다. 편리함에 익숙해져 있던 우리에게 조금 불편한 점들이 있기는 했지만, 충분히 견딜 만큼 자연의 아름다움과 청정함이 보상해 주는 곳이었다. 추워서 패딩 점퍼를 입고 잠을 청했다.

여행 5일째,

알프스에서 아침을 맞았다.

내 생애에 이런 아침을 또 맞을 수가 있을까? 창문을 여니 눈앞에 펼쳐지는 알프스의 아름다운 자연이 안개가 걷히면서 천천히 모습을 드러냈다. 싸늘하면서도 달콤한 산속의 아침 공기에 온몸을 샤워한 듯 상쾌했다. 아하~. 이런 순간을 바로 행복이라 하고 환희라고 하는구나.

아침 식사 후, 유럽의 지붕이라는 '융프라우산' 등정에 나섰다. 산악열차(톱니바퀴 기차)를 타고 3,454m에 이르는 정상 융프라우요흐에 올랐다. 차창 밖으로 아름다운 초원에 핀 예쁜 들꽃이 요정인가 싶게 넋을 빼앗아 갔다. 손자는 엄마에게 보낸다고 야생초 꽃밭을 향해 열심히 카메라 셔터를 누르고 있었다. 융프라우요흐에 내려 스핑크스 전망대를 막 나갔는데 손자가 화장실이 급하다고 해서 융프라우 영봉과 알레치 빙하는 보지 못했다. 융프라우 파노라마와 얼음궁전에서 이색 체험을 하고 메인홀로 내려왔다. 손자는 엄마, 아빠에게 보내는 엽서를 써서 우체통에 넣었다.

융프라우에서 전 세계인의 사랑을 받고 있다는 그 유명한 우리나라 '사발면'을 먹자고 하니 손자가 다 싫다고 해서 그것도 못 하고 다시 산악열차를 타고 내려왔다.

아쉬움이 많은 코스여서 다시 오고 싶다. 그때는 트레킹코스를 풀꽃들과 인사를 나누면서 걸어서 오르고 싶다는 이루지 못할 꿈을 가져봤다. 점심을 먹고 버스로 4시간 30분을 달려 이탈리아 밀라노에 왔다.

유럽 여행 3

여행 6일째, 밀라노에서 물의 도시 베네치아로 이동.

베네치아는 바다의 호수, 석호 위에 세워진 도시로 118개의 섬이 400개의 다리로 이어져 있는 인공 섬이다. 섬과 섬 사이의 수로가 교통로로 이용되고 수상 버스가 교통수단이다. 도시를 이루고 있는 수상 주택들 사이의 골목길(소 운하)에는 맵시 있는 곤돌라가 미끄러지듯 유연하게 움직인다. 자가용도 있고 영업용(우리는 1인 50유로를 내고 탔다)도 있다.

카사노바를 비롯한 죄인들이 법원에서 유죄 판결을 받고 바로 감옥으로 건너가면 다시는 밖으로 못 나왔다고 해서 붙여진 '탄식의 다리'에서 인증 샷을 찍었다. 법원을 지나면 나폴레옹이 세상에서 가장 아름다운 응접실이라고 감탄했다고 하는 지중해가 눈앞에 펼쳐지는 산마르코광장이 나온다. 광장에는 산마르코 성당(꼭대기에 황금사자상이 있다)과 성당의 종탑 등 건축사에 빛나는 건축물이 늘어서 있다. 손자가 화장실을 간다 해서 돈을 내고 다녀왔다. 얼마나 아깝던지. 어디를 가나 화장실은 우리나라가 최고다.

수상 버스를 타고 두칼레궁전과 아름다운 다리, 건축물들이 늘어서 있는 섬을 둘러보고는 로맨틱한 전통 배 곤돌라를 타고 베네치아의 낭만에 젖었다.

셰익스피어의 희곡 『베니스의 상인』의 배경으로, 카사노바의 흔적으로, 국제영화제의 베니스 황금사자상으로 많이 들어 본 말들을 여기에서 확인하고 줄을 서서 달콤한 젤라토를 하나씩 사 들고 버스에 올랐다.

여행 7일째, 버스로 약 4시간을 달려 르네상스가 처음 꽃핀 피렌체로 이동.

아름다운 '꽃의 성모마리아 성당'의 외부를 감상했다. 건축물에 대한 지식이 전혀 없는 내 눈에도 아름답다. 장미색, 흰색, 녹색의 세 가지 색 대리석과 수많은 조각으로 외부를 장식한 화려하고 아름다운 성당이다. 성당 앞 광장에는 수많은 관광객이 모여들어 일행을 찾기가 쉽지 않았고 비둘기는 왜 그렇게 많던지?

『신곡』의 저자 단테의 생가를 지나 이 도시의 중심이라는 시뇨리아 광장으로 갔다. 미켈란젤로의 '다비드상'을 비롯해서 수많은 조각상이 전시돼 있는 시뇨리아 광장에서 자유 시간을 가졌다. 많은 관광객 속에서 그리스 신화를 바탕으로 한 조각상들을 돌아보고 사진을 찍었다. 권력과 돈의 힘이 피부로 느껴지는 그런 광장이었다.

피렌체가 한눈에 보이는 미켈란젤로 광장에 올라 아름다운 전경을 감상하고, 태양의 도시 로마로 이동했다. 저녁 식사는 이탈리아 해물 요리의 진수라는 마짱꼴레로 푸짐하면서 고급스러운 해물 요리에 포도주가 곁들여 나왔다. 맛있게 식사를 마치고 잘 가꾸어진 정원에서 사진도 찍으면서 만족한 하루를 마무리하나 했더니 버스를 타고 이동하던 중에 문제가 발생했다. 남편이 전화기를 음식점에 두고 왔다는 거다. 가이드가 전화를 해보았지만 있을 리가 없다. 유럽에서는 대한민국 관광객의 휴대폰이 집시들의 최고의 타깃이라니. 열심히 찍은 사진을 잃었으니 그 심사가 오죽했을까? 그래도 손자가 찍은 카메라가 있었으니 그나마 다행이다.

예술을 중시하고, 문화를 부흥하고 발전시키면서 보존해 가는 그들의 위대한 안목과 정신에 잠시 기가 죽는다. 자기 집 화장실도 함부로 고칠 수 없는 불편함을 감수하면서도 편리하고 반짝이는 새것에 매료되지 않고 옛것을 소중하게 간직해 나가는 그들의 높은 의식이 세계인을 불러들이고 있었다.

여행 마지막 날,

이른 아침을 먹고 서둘러 나섰지만 바티칸 시국을 들어가는 줄은 벌써 길게 늘어서서 몇 굽이를 돌아야 끝을 찾을 수가 있었다. 아침부터 무척 덥고 기다림에 지치는 날씨다.

성 베드로 대성당에서 미켈란젤로의 유명한 '피에타'를 감상했다. 3대 박물관인 바티칸 박물관의 조각상과 미술품을 관람하고 시스티나 예배당으로 이동해, 미켈란젤로 혼자서 4년에 걸친 작업으로 한쪽 눈이 실명할 정도로 심혈을 기울여 완성했다는 천장화 '천지창조'를 감상했다.

그러나 너무 복잡해서 인파에 밀려 고개를 젖히고 천장을 쳐다보는 것도 사실상 힘이 들었다. 그런 데다 유럽인들은 복잡함 속에서도 밀리거나 닿는 걸 무척 싫어해서 적당한 거리를 유지해야만 했다.

도시 전체가 곧 박물관이라 할 수 있는 로마 시내 관광을 벤츠 옵션으로 진행했다. 콜로세움, 판테논 신전, 진실의 입을 거쳐, 트레비 분수에서는 돌아서서 어깨 너머로 동전을 던져 다시 올 것을 점치고 젤라토의 달콤함으로 피로를 풀면서 로마의 버거운 관광이 끝났다. 저녁 식사 후 다빈치 공항에서 22시 50분에 출발하는 KE98에 탑승했다.

"여사님, 댁에 돌아가시면 몸살 심하게 앓으시겠어요" 하는 가이드 말에 대꾸 없이 웃었다. 힘이 들기도 했지만 소중한 여행이었다. 매일 아침저녁 캐리어를 옮겨야 했고, 휴게소에 내릴 때마다 담배 피우고, 사진 찍고 늦게 오는 사람 챙기는 일에 신경을 곤두세워야 했다. 한편으로는 손자와 함께한 여행이기에 의미가 있었고 앞으로 이런 기회가 또 있기는 쉽지 않을 것 같기에 소중한 추억이 되리라 믿는다.

뉴질랜드 8일째

어제는 태풍에 묻어온 비가 엄청나게 쏟아졌다.

오늘 계획한 여행이 걱정이었는데 다행히도 아침에 하늘이 훤하니 뚫렸다. 아들네 네 식구, 남동생, 여동생, 이질녀, 우리 내외 모두 열 식구가 두 대의 차에 나누어 타고 2박 3일의 여행길에 올랐다.

오클랜드에서 남쪽으로 2시간 30분 이동 후 우리가 도착한 첫 번째 여행지는 초록 반딧불이가 은하수처럼 반짝인다는 와이토모 동굴이었다. '죽기 전에 꼭 보아야 할 세계 8대 불가사의' 중 하나로 꼽힌다는 이 지역은 여러 개의 석회석 동굴이 있는 동굴 지역이며 세 개의 동굴이 이어져 있었다. 우리는 서둘러서 11시 50분 탐사를 하려고 와이토모동굴 박물관으로 달려갔다. 매표하고 안내원의 설명을 듣고, 석회암 동굴의 종유석과 석순을 구경하면서 안내원을 따라 어둠 속으로 더듬더듬 이동했다. 점점 짙어지는 어둠에 적응이 될 때쯤에 미끄러지듯 다가온 작은 나룻배에 조심스레 몸을 실었다.

배는 아주 조심스럽게 움직이고 동굴 천장에는 여기저기 작은 별이 보이기 시작했다. 짙은 어둠, 숨소리도 죽인 정적 속에서 작은 나룻배는 아주 천천히 미끄러지듯 동굴 깊숙이 이동하고, 머리 위 천장에는 수많은 작은 별이 쏟아질 듯이 반짝인다. 세상에 태어나서 이렇게 아름답고 많은 별(?)을 보는 건 처음이다. 마치 우주 공간에 떨어진 것 같은 착각 속에서 벌어진 입을 다물 수가 없었다. 감탄사가 터져 나올 법하지만 일행은 숨소리조차 내지 않는다. 아마도 모두 나처럼 입을 딱 벌리고 가슴으로만 벅찬 아름다움에 취했을 것이다. '사진, 소음 절대 금지'라는 안내원의 주의사항을 여행객들은 너무나 잘 지키고 있었다. 우리에게 숨이 막히도록 벅찬 아름다움을 안겨주는 반딧불이는 뉴질랜드에서만 생존하는 유일한 생물체라고 한다. 반딧불이는 60일을 유충으로 빛을 내면서 매달렸다가 성충이 되어서 하루나 이틀을 살고 죽는다고 한다.

가슴 벅찬 아름다움에서 꿈을 꾸듯 동굴을 빠져나오니 억수 같은 장대비가 쏟아지고 있었다. 카페에서 커피랑 음료를 주문하고 올케가 준비해 준 점심(유부초밥)을 맛있게 먹은 후 온천지대인 로토루아로 이동했다. 다행히도 쏟아지던 비가 그치고 2시간 30분쯤 후에 우리는 로토루아에 도착했다. 코끝을 찌르는 유황 냄새가 온천지대임을 알려준다. 여기저기 땅 위로 하얀 깃발을 흔드는 듯 수증기가 뜨거운(?) 환영을 하니 가던 길을 멈추고 밖을 바라본다. 숙소에 짐을 풀고 준비해 온 식재료로 맛있게 저녁을 해 먹고 스파로 고(Go)!

거대한 호수 곁에 위치한 대규모 폴리네안 유황온천 노천 스파에서 우리는 호수 건너 야경을 즐기면서 아주 만족한 하루를 마무리할 수 있었다. 경이로운 자연에 감탄하고 셀 수 없는 수많은 시간 속에서 묵묵히 변해가는 자연의 순리에 숙연해졌다. 날씨가 흐린 탓에 하늘에서 쏟아지는 별을 못 본 것이 아쉬움으로 남았다.

= 2018년 1월 5일 =

남섬 이틀째

여왕의 도시라는 퀸스타운으로 출발!

이번 뉴질랜드 여행에서 패키지로 잡힌 코스다. 8시에 출발해서 지평선이 끝없이 펼쳐지는 캔터베리평야(140㎞에 산 하나 언덕 하나 없고 경기도 땅보다 넓다고 함)를 달려서 데카포 호수에 닿았다. 이슬비가 내려서 호수 색이 예쁘지 않았다. 하지만 내일도 수많은 호수가 있다니 무슨 걱정인가? 데카포 호수 언덕에는 아주 작은 '선한 양치기 교회'가 있었다. 마침 결혼식이 막 끝난 신랑 신부가 기념 촬영을 하고 있기에 축하해 주었다. 이 '선한 양치기 교회'는 가톨릭, 기독교, 성공회 세 교회의 신도들이 작은 마을에 각각 교회를 지을 일이 아니라 하나의 건물을 지어서 함께 사용하자는 뜻을 모아서 지어졌다고 한다. 그 후 지금까지 시간을 따로 정해서 각자 자기들의 종교의식을 갖는단다. 참으로 합리적이라는 생각이 들었다. 교회 안에서 창을 통해 보는 호수와 마운트쿡 산의 모습은 바로 그림엽서에서나 볼 수 있는 그런 풍경이었다.

싱싱한 연어 회를 점심으로 먹고, 여기저기 의미 있는 곳을 들려서 드디어 가이드님의 "퀸스타운으로 들어갑니다. 기대해도 좋습니다"라는 말을 듣고, 일행들은 모두 "우아! 세상에나"를 외치면서 목을 뽑아 창밖으로 시선을 돌렸다. 그 아름다운 모습은 감히 표현하기 쉽지 않기에 사진에 담았다. 이 아름다운 곳에서 이틀 밤을 지낸다니 감사한 마음이 막 솟아났다. 퀸스타운에 도착한 일행은 양고기 스테이크로 저녁 식사를 하고 숙소로 들어갔다. 호텔 건물은 일 층이었고 넓은 창문으로 아름다운 와카티카 호수가 펼쳐지는 멋진 곳이다. 대충 짐을 풀고, 아름다운 와카티카 호숫가(84㎞로 길게 뻗어 있는 호수로 그 중간지점에 퀸스타운이 있다)를 산책하고, 세계 여행객이 모여서 즐기는 광장에서 함께 어울려 젤라토를 먹으면서 여행의 묘미를 즐겼다. 여행은 잠깐일지라도 삶을 윤택하게 하고 나를 채워주는 윤활유가 아니던가?

아~! 아름다운 퀸스타운.
내일을 기대하면서 숙소로…….

이건 또 웬 떡?
조카가 그 유명한 허그버거(고기를 직접 구워서 신선한 채소를 넣어 만든, 줄 서서 2시간 기다려야 산다는)를 젊은이들끼리 교대로 줄을 서면서 사 왔다.
안 먹으면 두고두고 후회할 거라는 조카의 성의를 봐서라도 어쩌나, 먹어야지! 결론은 너무 맛있었다. 야식을 싫어하는 편이지만 허그버거는 먹기를 잘 했다.

= 2018년 1월 17일 =

남섬 사흘째

호텔 언덕에서 내려다보이는 호수에는 보트가 여유롭게 떠 있었다. 날씨는 쌀쌀하고 비가 올 확률이 꽤 높다는 예보가 떴다. 오늘은 밀퍼드 사운드로 들어가는 날이다. 버스에 오르니 기대해도 좋다는 말과 함께 가이드는 밀퍼드는 비가 와야 아름답다고 설명한다. 정말 그럴까?

밀퍼드 사운드는 잘못 붙여진 명칭이라고 하면서 지금은 밀퍼드 피오르라 고쳐 부른다고 했다. 1만 2천 년 전 지질 활동으로 생겨난 피오르 지대란다. 연간 7,000㎜의 많은 강수량으로 일 년에 200일 이상 비가 온다니 맑은 날이 며칠이나 되겠는가? 구름이 지나다가 마운트쿡 산을 지날 때 정상에 부딪히면 비가 내린단다. 우리는 크루즈를 타고 빙하와 바다 생물 등을 관광하면서 비가 와야 아름답다는 가이드의 설명을 이해했다. 빙하가 녹아서 흐르는 폭포도 있었지만 양쪽 협곡에는 크고 작은 폭포가 관광객들의 환호를 받으면서 쏟아지고 있었는데 작은 폭포는 비가 올 때만 볼 수 있는 임시 폭포라고 한다. 거대한 물보라를 쏟아내는 스털링폭포를 맞게 되면 10년은 젊어진다는 전설 때문인지 젊은이들은 환호하면서 폭포수를 맞고 즐거워했다. 나는 용기가 안 나서 배 안에서 보는 것으로 즐겼다. 물개들이 바위에 나와 앉아 관광객들을 반겨주고 돌고래도 재주를 부리면서 환영해 주었다.

피오르가 잘 발달된 노르웨이와 함께 어깨를 나란히 한다는 밀퍼드 피오르.

개인적으로는 노르웨이의 피오르보다는 밋밋하다는 생각이 들었다. 하지만 크고 작은 폭포가 비단처럼 흐르는 실루엣이 기가 막히도록 아름다운 모습이었고, 돌아오는 길에 눈을 감아도 떠나지 않는 잊지 못할 자연의 웅장함이요 위대함이다.

이틀에 걸쳐 오랜 시간 버스를 탄 탓에 피곤하고 에어컨 바람에 약간의 저항이 생겼다. 저녁 식사 후 일행들은 남섬의 마지막 밤을 추억하고 남반구의 십자성에 소원을 빌겠다고 모두 숙소 밖으로 나가고, 나는 호텔에 남아서 몸살약 한 봉지를 먹고 내일 일정을 위해서 쉬기로 했다.

= 2018년 1월 18일 =

남섬 나흘째

날씨 쾌청.

아침을 먹고 퀸스타운을 느긋하게 산책했다. 세계에서 경사가 가장 심하다는 곤돌라로 스카이라인에서 퀸스타운의 아름다움을 조망하고 점심을 먹었다. 오전 시간은 여유를 가지고 아름다움을 즐길 수 있어서 좋았다.

오늘은 뉴질랜드에서 가장 높은 산, 구름을 뚫는 산이라고 불리는 마운트쿡 산으로 들어가는 날이다. 3,754m의 절벽이 심한 아주 험한 산이란다. 서든 알프스산맥에 위치한 산으로 에베레스트를 첫 번째로 정복한 에드먼드 힐러리 경이 기량을 닦은 산으로 유명하다. 힐러리 경은 영국인으로 알려졌었는데 뉴질랜드 사람이란다. 10번 가서 2~3번 정상을 보기가 힘든 신비에 싸인 산으로 정상을 본다면 운수대통이라니 기대를 하면서 출발했다. 산악지대로 들어서면서 길은 꼬불꼬불해지고 귀는 먹먹해지는데, 눈이 녹아서 흐르는 폭포수가 심심찮게 일행들의 기분을 끌어올려 주었다.

만년설이 보이는 넓은 평원에('반지의 제왕' 마지막 편 촬영지) 내려서 사진을 찍고 또 버스로 이동을 하다가 만년설 아래 흘러내리는 물을 받아 마시고 시리도록 차가운 물에 손도 닦고 산을 넘고 호수를 지나가고 가고 또 갔다. 가는 길에 한 개의 터널이 있었다. 단 한 개뿐인 이 터널의 이름은 호머터널이다. 1953년에 개통됐고 18년의 공사 기간에 1.3㎞의 터널을 완공했다 하니 어떻게 이해해야 할까? 터널 안은 조명시설 없이 어두웠고 편도 1차선이며 바닥의 높이가 비스듬해서 비가 많이 오는 지역의 자연환경을 고려했다고 했다. 자연 훼손을 최소화한 공사라고 할 수 있다. 놀라운 일이었다. 가치관의 차이라고나 해야 할까?

우리는 산 아래 넓은 주차장에 내려서 간단하게 설명을 듣고 자유롭게 전망대까지의 트레킹이 시작됐다. 구름으로 가려졌던 마운트쿡의 정상이 바람 덕분에 살짝살짝 얼굴을 보여주더니, 산 밑에 도착해서 트레킹(한 시간 남짓)을 시작하면서는 완전히 가려졌다. 하지만 멈출 수 없으니 기대 속에 트레킹은 계속되었다. 그러나 전망대에 도착했을 때 정상은 완전히 구름 속에 숨어서 우리는 아쉬움을 남기고 그냥 돌아서야만 했다.

십여 분 내려왔을까? 아쉬운 마음에 뒤돌아 올려다보던 나는 나도 모르게 "심봤다!"를 크게 외쳤다. 돌아서는 발길이 안타까웠던지 구름은 천천히 정상을 넘어가고 있었다. 동시에 일행들도 모두 돌아서서 환호하고 인증 샷을 찍느라 야단법석을 떨었다. 산 아래 주차장에서 버스가 우릴 기다리고 있건만, 우리는 아랑곳 하지 않고 운수대통에 무병 건강을 선물 받았다고 어린아이들처럼 좋아라 했다. 좁은 산길 양옆으로 늘어선 풀꽃들도 쳐다보고 함께 웃어 주었다. 숙소로 돌아오는 길도 마운트쿡 산의 정상을 바라보면서 유쾌하게 돌아올 수가 있었다. 그저 감사한 하루였다.

= 2018년 1월 19일 =

오클랜드로 오다

4박 5일의 남섬 여행에서 오클랜드로 돌아왔다. 눈을 감아도 보이는 듯 아름다움에 빠져들었지만 역시 집이 좋다. 공항에 내리기만 해도 집에 돌아온 듯 마음이 편안했다.

다음 날 피로도 풀 겸 세계 유일의 소다 온천(탄산 미네랄)을 가자고 서두르는 동생 내외와 막냇동생, 우리 내외는 두 시간 정도 달려 온천에 도착했다. 규모는 작았으나 모든 탕은 프라이빗 탕으로 100% 예약제로 운영되는 온천이었다. 화려하거나 규모가 크지는 않았지만, 자연이 그대로 느껴지는 한적하고 조용한 곳에 소박하면서 깔끔한 것이 청정국의 이미지가 느껴졌다. 일요일이라 음식점들이 쉬는 날이어서 몇 집을 들러서 간신히 피자 한 판을 살 수가 있었다. 다행히 준비해 간 '사발면'을 먹었다. 어찌나 맛있던지 세계가 반했다는 라면의 진가에 괜히 어깨가 으쓱 올라갔다(우리나라 라면이 웬만한 마트에 종류별로 진열돼 있었다).

예약 시간은 2시~2시 40분까지다.

안전제일 국가답게 한 사람씩 이용은 위험하다는 이유로 입실 금지.

2명부터 4명까지 입실 가능하단다. 우리는 남녀 갈라서 입실을 했다. 욕조가 그 유명한 카오리 통나무를 파서 만든 둥근 스파였는데 물이 맑고 미끄럽기가 비누칠한 것 같았다. 물은 한 번 사용으로 재사용은 하지 않는단다. 스파가 끝난 후에는 비누칠하거나 헹구지 말라는 안내가 있었다. 난 안내문대로 했는데 얼굴에 아무것도 바르지 않아도 이튿날까지 촉촉함이 유지됐다. 이 나라에 와서 유황 온천, 머드 온천, 소다 온천을 경험했는데 그중 최고였다. 송혜교가 지나다가 들렀는데 물이 좋아서 다시 와서 일주일을 묵어간 이후에 교민들 간에 유명해졌다고 한다.

개운하게 최고의 컨디션으로 집에 오니 새벽에 배 타고 낚시 간 큰조카가 어마어마한 크기의 도미를 9마리나 낚아다 놓고 기다리고 있었다. 저녁은 도미 회에 소주 한 잔~. 내 평생에 최고의 호사를 누리고 있으니 오늘도 진심으로 감사하다.

= 2018년 1월 23일 =

할머니께 1

할머니께

할머니 사랑해요.

할머니 생신 축하드려요

오늘 Kids wiz 에서 tongue twister

Test 1등 해서 상을 받았어요.

그래서 기분이 너무 좋았어요.

그래서 상장이 3개가 됐어요. 영어

공부 열심히 해서 또 받으께요.

할머니, 할아버지께 인사를 잘 해서

할머니 소원을 들어드리께요.

HaPPy Birthday Grandmother!

2010년 6월 4일

할머니께 2

할머니께
할머니 저는 할머니가 너무 좋아요~
할머니는 친절하고,예쁘고,똑똑한것 같아요.
그리고 제가 크기에는 할머니가 저를 사랑해주고,지켜주고,
잘 키워주고,행복하게 해 주셔서 정말로 감사드려요.
할머니,감사하고
현주올림
사랑해요~~~